王建平 著

河南文艺出版社

·郑州·

图书在版编目(CIP)数据

晴心集/王建平著. —郑州:河南文艺出版社,2019.10(2022.5 重印)

ISBN 978-7-5559-0884-5

Ⅰ.①晴…　Ⅱ.①王…　Ⅲ.①散文集-中国-当代　Ⅳ.①I267

中国版本图书馆 CIP 数据核字(2019)第 207897 号

出版发行　河南文艺出版社
本社地址　郑州市郑东新区祥盛街 27 号 C 座 5 楼
邮政编码　450018
承印单位　河南龙华印务有限公司
经销单位　新华书店
纸张规格　890 毫米×1240 毫米　1/32
印　　张　9.25
字　　数　175 000
版　　次　2019 年 10 月第 1 版
印　　次　2022 年 5 月第 3 次印刷
定　　价　50.00 元

图书如有印装错误,请寄回印厂调换。
印厂地址　河南省获嘉县亢村镇纬七路 4 号
电　　话　0373-6308298

序

孟宪明

我和建平是“发小”，在漫长的大学时代同居了四年。七七级条件差，十二个大小伙子共梦一室，六张方桌，七张高低床。建平和我一桌，对脸而坐。同床的却是老八曾广开。最长的发良兄二十有八，最小的十二弟只有十八。我行五。建平行十一，昵称王十一。

七七级很“拼”。晚上十点半寝室熄灯后，不约而同地路灯下聚集起“和而不同”的学子。影子长了短了。书页深了浅了。若不是早晨五点半还要跑操，不知道大学的夜晚该有多长。建平写诗，却很少拿出来让人品评。有时候，漆黑的老八上铺陡然亮起一团红光，我们知道，手电筒又在助王十一捉拿灵感。我们屋里诗人多，老七薛运芳，老十池安民，兴观群怨，诗人占比25%。诗可以悄悄写，书法却悄悄不了。建平练的是富态的颜体，胖胖的，从容不迫，一看就是个安全感很强的饱食者创造出来的。建平读书高大上。黑格尔三卷本的《美学》、两卷本的《精神现象学》，红红蓝蓝，又批又画。趁他不在的时候我拿起来翻翻，还真读不明白。

毕业后的我们，颇像同村嫁出去的一群女孩儿，不知道都遇合上了什么人家。有的把工作变成了爱好，有的把爱好变成了工作。有的把自己的工作变成了别人的爱好，有的把自己的爱好变成了别人的工作。当然，也有人辞职下海，把自己的工作变成了别人的工作。从1981年底大学毕业，屈指一数，忽然就想起毛主席的《水调歌头·重上井冈山》："三十八年过去，弹指一挥间。"这些年来，从没有读过建平的文章，当这么多文字从我的屏幕上前仆后继，我忽然就感到珍贵。这哪是文字，这是王十一多年来生命的轨迹，心灵的自白，灵魂的顿现。出嫁后的我们，忙于生计，苦难相聚，即便匆匆一晤，也是言浅语疏，词不及意。这一场惬意的倾听，我岂愿再次匆匆！

《晴心集》是建平的生活真实，属散文之作。正道直行的父亲，善良自律的母亲，其动作，其话语，其声息，其心理，读来令人落泪；写亲情，写生活，写感悟，写花草虫鱼，狗市猫邻，当然也写片履行踪……情真意切，简洁鲜明，准确而生动。想起大学时代的黄卷青灯，字斟句酌，想起半夜里亮起的手电筒和寂寞路灯下长长短短的影子，风华乍起，我们在神秘的心田里播撒下多少颗美妙的种子，我们为这些播撒的种子准备了多少的心血和养分……七七级啊，不知道糟蹋了多少个才子！

好在，这些种子正次第生根发芽。

来者可追，十一弟别懒啊！

己亥年六月初九于豫州蛟龙窟混沌斋

天阴不雨，夜寂无风，借蚊叮以驱倦，赖车声以醒耳

自序

我在大学读的是中文系，喜欢写写画画，毕业后却进了机关，除了撰写公文，基本搁笔。后来到科研单位，开始管理、经营等工作，与文学渐行渐远。中文专业，成了实实在在的万金油，可谓“误落尘网中，一去三十年”。2007年底，转任到学校，有了寒暑假，工作压力也没那么大了，读了些书，把点滴感悟、亲情家常、游历见闻断断续续撰写成篇。虽艰难生涩，但经费功夫修改润色，也有那么三五篇见诸报刊。跨度十年，实在汗颜。近年微信普及，便以“晴心阁随笔”冠名，缩写节选，在朋友圈晒文，自乐共享。“晴心”的意思是使心晴朗，在晴朗的天空、明媚的阳光下修身做人做事，集内拙文有述。有学长一再建议整理付梓，听劝，乃有此书，取名《晴心集》，供读者诸君茶余一哂。

2017年10月于晴心阁

目录

辑二　我们这些蜜糖罐里长大的

辑三　点破清光万里天

辑一　落花不语空辞树

只恐夜深花睡去

春节前几天，朋友送来两束鲜切花，是百合花。插在注满清水的玻璃花瓶里，枝叶翠绿翠绿的，秋葵样的花蕾挺拔有生气。节前事多，把花儿置放于窗台，很快忘记了。

看完春晚，已是后半夜。收拾收拾，因明天一大早会有人来拜年，便和衣睡在了沙发上。不知多久，丝丝幽香飘来，如梦。睁了睁眼，梦醒，幽香丝丝如故。起身查看，难得，寂静的凌晨里，百合花开。

洁白的花，长长的紫色的花蕊，想必就是香的源头。三五朵花，若曼舞中霓裳细腰的精灵，展现寂寥哀怨的绚丽。绽放是寂静的，馨香是寂静的，洁白是寂静的。相看两不厌，相见恨晚的感觉，美得润物细无声的感觉。美不存在于物体，而存在于物体与物体所制作的阴翳的花样与明暗之中。（谷崎润一郎）因为周边的昏暗，才凸显出这皎洁与妩媚。罗丹认为，生活中并不缺少美，而是缺乏发现美的眼睛。今日这种感觉，对我来说是新的发现，因为人这一生，可以不做很多事儿，也没办法做更多的事情，但必须要做人、做事业，做人做事业离不开美。我很幸运。

仓央嘉措说：你爱，或者不爱我，爱就在那里，不增不减。我觉得那爱，和这花是等同的，不离不弃的美的存在。而这里的“你”或“我”都是客体，不能与爱画等号。我们孜孜以求的爱和美，往往被理解为特定的某个人或物，以为自己对他们的爱慕是最真诚的，得到了又感觉不过如此，内心的惆怅慢慢滋生。其实，美应是灵魂出窍般的存在，像云，轻轻地走了，又来。

我们究竟对爱和美知道多少，是否真正相遇或付出过呢？美以各种方式照射我们，像一个痴心的求爱者，期待着白马王子或白雪公主。反过来我们则像丢了心爱之物的失意人，不断地上下求索，却每每与之擦肩而过。所以泰戈尔说，夜把花儿悄悄地开放了，却让白日去领受谢词。大概我们以往都是在白日匆匆忙忙地去领受美的红利，这个白日，应是功利的吧。

前些天去了趟秋沟村，太行山深处一个有着碧水春潭和满山坡山桃花的地方。而冬天这些景色都不存在，褐林冰池，一片肃杀。突然发现村口老树上栖着一群喜鹊，有七八只，黑羽白腹，昂然的鸟首无一例外地面向南方，也就是向着太阳，寂然无声，一如冬日树之果实，亦如虔诚之朝圣者。一种不能言喻的意境。随手拍下，发到微信朋友圈，很快有许多朋友点赞。大家对美的感觉是相通的。

我的书房，有一幅凡·高的《向日葵》，当然是今人的临摹品。凡·高说，我越是年老丑陋、令人讨厌、贫病交加，越要用鲜艳华丽、精心设计的色彩为自己雪耻。法语里向日葵和太阳是一个词，是光明、希望和爱情的象征。充满着希望和幻想的向日葵，是比较疯狂的。我想用这内心翻腾的感情烈火激励自己不要睡去，而且，这花开了就不会谢。

苏东坡诗云：只恐夜深花睡去，故烧高烛照红妆。其实花无眠，苏老先生应是知道的。花孤独地开，寂寞得想睡去。世人皆醉我独醒，天下熙熙皆为利来，天下攘攘皆为利往。高处不胜寒，夜寂花独馨。苏公担心、害怕的是什么？他是在唤花，还是呼唤沉睡的世人？

一花一世界。对花的感觉就是对世界的感觉，美的化身千万，心花只有一朵。川端康成说，美是邂逅所得，是亲近所得。我们或许不缺少邂逅，然后呢？佛家讲，性本澄澈。

通往阿尔卑斯山的道路虽风光旖旎，但崎岖险峻，常有车祸发生。路边有警示牌，“慢慢地走，欣赏啊！”且行且欣赏，浅显通俗而极具哲思。有个诗人说，别走得太快，让灵魂跟上来。我说，让美跟上来。

这是正月初一，迎新年的鞭炮已沉寂，而花香愈浓。

2015年2月

灭蚊记

我小时候，家里有块琥珀，是姥姥杂货箱里的小玩意儿。黄黄的，鹌鹑蛋大小，琥珀里面有只蚊子。

琥珀是中生代白垩纪至新生代第三纪松柏科植物的树脂。那时候蚊子已经很多，不然松树的眼泪怎么随便把蚊子粘裹了进去，而且其进化已相当完美，几乎与几千万年后的同类没有区别。也就是说，我们的始祖和蚊子的遭遇一直延续至今，尽管我们已进化到了动植物的对立面。蚊子会说，你拿我没辙儿。

也许是拜蚊子所赐，动物的毛皮盔甲防守严密，除了口鼻等处，可供蚊子进餐的地方实在不多。著名的电影台词“马尾巴的功能”，我在很长一段时间都觉得是“红色幽默”，不知道马尾巴究竟有何用。十几年后偶然问专家，才知道重要功能之一是“赶蚊子”，以此类推，牛、羊、鹿、驴的尾巴都有相同功能。这在人类眼中不算什么，对动物来说可是它们保护私处（臀部在内）少受蚊虫叮咬的法宝。想想蚊子也蛮难的，大多数雄性蚊子只好躲在灌木草丛吸食植物的汁液，而伟大的雌性则为了下一代铤而走险。慢慢地人类成为蚊子的盛宴，我们引以为豪的进化，体毛基本褪尽，裸露的肌肤正是蚊子的鲜肉大餐，尤其是盛夏时节赤道地区的人们。蚊子的厉害，人人都领教过，过去的脑炎，现在的寨卡，都是蚊媒传染。忽然想起道士，想起拂尘。道士仙风道骨，在降魔除妖时，口中念念有词的“太上老君急急如律令”，也一定包括赶蚊子的咒语。人和蚊子，就是冤家吧。

这时，一只蚊子嗡嗡来袭，啪的一声，随手拍去，无论脸上腿上，成功率极低。除非你已感觉痒痛，蚊子正在进食，身体不那么灵巧，才能一击毙命，代价是皮肤凸起红痒的疙瘩。人和蚊子的零距离，恐怕是最现实的问题。

现在多数家庭都不用蚊帐了，我小时候，蚊帐却是每家必备之物。蚊帐是防御蚊子攻击有效且最后的手段。小时候每到六月，父母就会用竹竿把蚊帐撑起来，长方形蚊帐的两条长边有布做的管套，穿进竹竿，靠墙的一面墙上钉钉子，绑紧竹竿，向外的一面则竖立两根竹竿支撑，绑在床头。蚊帐正面开口，白天分挂在蚊帐钩上，像戏台的帷幕，小时候还以此为舞台咿呀学唱《乔老爷上轿》。蚊帐是棉纱织的，较厚，通气也不畅，闷热的夏夜小孩子实在不想进去，妈妈，有时是姥姥，就扇扇子哄我入睡。虽然睡前清理过蚊帐，但第二天总会有几只蚊子进来，而且肚子上都是红红的疙瘩。大概是夜里睡觉不老实，蹬开了蚊帐，蚊子是循着人体热源和气味进来的，吃饱了却不知归路。所以，醒来第一件事就是噼里啪啦把无处可逃的蚊子打死。一个夏天下来，蚊帐上就留下星星点点的红黑斑痕。当时单位放露天电影，小伙伴们在学校重要的话题是交流今晚哪个机关放电影，并早早跑去占好位置，为我们的胜利、敌人的失败而欢呼雀跃。但不知为何，对电影中反派人物豪宅中吊挂的圆顶蚊帐羡慕得紧，那玩意儿在天花板上吊着（当时居民多住起脊的平房，没有天花板），不像自家的要穿竹竿钉钉子那样麻烦。这尤物不用时挽成圆圆的一坨，像姥姥的发髻，用时喇叭花般散开，如女士的落地长裙，且纤薄透明，一定透气凉快。中学时读《红楼梦》，才知道古代就有什么芙蓉、帐碧、纱橱等高级防蚊工具，看来今生无缘以此来抵御蚊子的进攻了。

姥姥当时是居委会的委员，实实在在的“小脚侦缉队”。居委会是城市最基层的政府组织，打扫卫生灭“四害”自然是首要任务。姥姥这次在家属院传达的上级精神是：大规模灭蚊，要求全市区统一行动，要让蚊子灭顶于人民战争的汪洋大海。大规模灭蚊的具体方法是：在基本相同距离堆起树枝等干柴，把统一配发的“六六六”药粉（一种农用杀虫剂）用白纸分成小包，在柴堆上焚烧。当天刚擦黑，即晚七时许，股股浓烟冲天而起，真乃街街点火，院院冒烟，蚊子当真是上天无路入地无门了。孩子天性好玩，开始时我和小伙伴们还为这篝火盛宴奔跑欢呼，一会儿嗓子就如针扎，胸闷气喘，赶紧回家关上门找个角落苟延残喘。“大会战”似乎是当时解决问题的常用方法和最后手段。后来我高中毕业当工人，一进厂就赶上“百日大会战，生产翻一番”，厂长、车间主任层层动员，工人阶级觉悟高，主动早上班晚下班，时值盛夏，领导们额外送来西瓜、冰棒、绿豆水以示慰问，让咱们倍感温暖。我骄傲地说我们超产的成绩时，父亲轻轻地说，你们增产的东西都在机电公司仓库积压着呢，即所谓“工业报喜，商业报忧”。父亲是一个国营商业公司的负责人。我当时不懂父亲话里的含义，“供给侧”理论也没有诞生。不过我清楚记得，那次大灭蚊的第二天，蚊子照咬不误，毕竟家里库存的蚊子，还够人们“享受”几天的。然后，城市的下水道，雨后坑坑洼洼的路面积水，很快就会滋生千千万万的后来者，还有那“六六六”毒烟覆盖不到的广袤乡村田野中的蚊子啊。而我的收获是，以后一闻到农药味道，扁桃体就发炎。

盛夏，闷热的午后，骤雨过后的黄昏，在稍微空旷的地方，会出现轰炸机群一样的蜻蜓阵列，成千上万。它们低空盘旋，拉起或俯冲，甚至听得到透明翅羽震动的嗡嗡声，这盛大的舞会或盛宴的对象就是蚊子。蚊子多，制衡它们的生物也多。每到此时，没有生态保护意识的我们就会抄起扫把，家里的，公家的，特别是扫大街用的竹枝编扎的大扫把，它拍下的蜻蜓最多，大家跑着喊着笑着，最后比谁逮的多，最多的有几十只吧。蜻蜓的羽翅薄且透明，漂亮对称的纹路网格，闪着金色、银色、彩色的光，夹在课本里是很好的书签。但扫把就惨了，开线散架的，骨断筋折的，小伙伴们都没少挨大人的骂。夏季阵雨的前夕，成群的燕子就会低空飞掠，在街区，在庭院，都能看到那深色的闪电。姥姥常说，燕子低飞蚂蚁搬家，大雨哗哗。包括蚊子在内的昆虫喜欢在闷热的低气压中觅食求偶，当然这也是燕雀大快朵颐的良机。黄昏时分，蝙蝠就从屋檐下飞出，在天空中也是密密麻麻的，它们飞行速度没有燕子快，却极灵活，能急转弯，上下左右嗖嗖的（当时还不知道其靠回声定位），捕食昆虫，主要是蚊子。当时城镇都是起脊的瓦房，麻雀的家就在瓦下，小伙伴们经常搬梯子爬房顶，掏鸟窝时经常摸到蝙蝠，当掏出老鼠一样黑乎乎软绵绵的东西，都会吓得哇哇大叫。这种现象或许在当下的乡村还能见到，市区不知何时能往日重现。

蚊子的幼虫叫孑孓，大小和成虫差不多，游动时身体一屈一伸的。生物学对动物的命名竟是如此形象艺术。和它们的父母一样，孑孓也是众多水族的盘中餐，嘅嘴鲢、泥鳅、黑鱼、戈雅鱼（黄颡鱼）乃至小蝌蚪都会把孑孓当点心。小时候常到附近的乡村逮鱼抓蟹，清凌凌的沟塘溪渠中，常捉到一种水生动物，大头复目，扁腹色青六条腿，别看这小家伙只有一寸多长，性情却十分凶猛，张牙舞爪。我的手就被它咬过，很痛，当时不知道它是什么，逮着马上扔掉。在山间的小溪，搬开长满绿藻的石头，摸进女妖绿色头发一样飘逸的水草，潺潺流水间或小鱼窜出，或螃蟹斜逸，更多的就是这东西，与它亲密接触次数也多。后来知道这是蜻蜓的幼虫，学名“水虿”，主要吃孑孓。蜻蜓成虫吃蚊子，幼虫吃孑孓，实在是天敌得不能再天敌了。蜻蜓是世界上最古老的昆虫之一，两亿多年前的石炭纪，没有恐龙时，它就是天空的主宰。不言而喻，那时蚊子也是管饱管够的。和蚊子一样，化石里的蜻蜓与现在的活体蜻蜓的身体结构对比，没有变化，只是身材小了些，因为蚊子变小了 。蚊子和蜻蜓，真是生物进化、自然造化的惊叹号。“小荷才露尖尖角，早有蜻蜓立上头。”小时候，蓝天下、斜阳里、微风中、莲荷池，蜻蜓成双成对，翩然起舞，金色的、红色的、蓝色的，最多还是绿色的，如盛装舞会。蜻蜓的卵产在水里，成语蜻蜓点水，点的就是这水虿——它们的下一代啊。只是它对水质要求高，污浊的沟塘绝不光顾，垃圾遍地的破仓库怎么能举办豪华 Party（聚会）呢？我在家后院修一鱼池，在里面种蒲植荷，那天发现一只豆娘（同属蜻蜓目，体型细小）栖落荷尖，它高雅华丽的衣着不亚于蜻蜓。莫名的感动涌上心头，我呆呆地看了好一会儿。

天敌那么多，加上人类这个天之骄子的围剿，蚊子为什么依然无穷无尽？我查了下资料：蚊子的生命史包括卵、幼虫、蛹、成虫四个时期，一般卵1—2天，幼虫5—7天，蛹2—3天，成虫羽化至产卵3—7天。每只雌蚊子一生产卵总数为1000—3000个，那么数以千万计的蚊子呢？真是可怕的天文数字！时下城市建设快速发展，道路宽阔，高楼林立，住宅区都有花园、府苑之类的好名字，不过一场大雨，大街小巷就有不少积水，好几天下不去。不少街路看起来挺平坦，雨后就出现不少水坑，看来水平面是最公平的。几条过铁路或高速的地下道，大雨过后就是个大水池，常有熄火的车子死甲虫一样趴在里面。无怪乎说排水是城市的良心，那些设计者、施工者、监管者是不是都要多拍拍良心呢。还有，住宅区都修建了不少水景，美化环境。这些溪渠湖池刚开始都很漂亮，水清鱼跃，但后来不少都干涸了，貌似小区无法愈合的伤疤。这些伤疤还会“化脓”，那是雨后的积水，雨大深些，雨小浅些，咖啡色的水，岸边野草茂盛。对照一下蚊子的生活史，要不了几天，千千万万的蚊子就闪亮登场了。最震撼的是我无意中发现的一个天池，二楼的平顶，下水口被杂物堵塞，形成了几十平方米的水面，密密麻麻落满了蚊子。一走进，蚊子轰然而起。我想起上周确实下过大雨，偌大的城市，这样的场景有多少个我不知道，但我知道，这种天池里不会有鱼。“泉涸，鱼相与处于陆，相呴以湿，相濡以沫，不如相忘于江湖。”（《庄子·大宗师》）原指泉水快干涸了，为了保住性命，两条鱼以口沫互相润湿。相濡以沫，鱼儿撑不了多久，而蚊子就可以繁殖一代了。我感到了相濡以沫的恐惧。

说实话，社区居委会对灭蚊还是重视的。学校中心有个湖，就有社区的同志到单位要求我买灭蚊药。我说湖里有鱼。那也要在绿化带和有杂草的地方喷施，理由是草里生蚊子。我说蚊子生于水。那也藏蚊子，还有公共活动场所，家属楼的楼梯间都要喷施。我说药物对人体有害。放心吧，现在灭蚊药都是高效低毒的，对人畜无害。治标不治本。但“标”治多了，会不会量变到质变呢，就像“八项规定”以后纪检部门抓公款吃喝公车私用，效果很好。行吧。另外我们也谈到计划生育，这事也让我想到灭蚊。有一种成熟的核技术，就是在实验室或专门场所，用钴-60什么的照射人工繁殖的雄性蚊子，达到和结扎一样的绝育效果，再把这些“男子汉”放归自然，与之交配的雌性蚊子，卵不会受精，就是再适宜的水面条件，也不会有翻筋斗的孑孓了。“还有这事儿？”社区的同志很诧异。

我特别招蚊子，家里有我，蚊子很少光顾他人。因此对蚊子特别恨，也特别注意家庭灭蚊的法子，试了试，效果差强人意。比如说摆放一盆子洗衣粉水或空啤酒瓶里灌些糖水勾引蚊子，不说效果怎样，摆上这些坛坛罐罐实在有碍观瞻。桌子上摆一碟子醋？客人来会作何感想！最有意思的是以前的邻家曾经扑扑腾腾搬进七八盆驱蚊草，一周后，又扑扑腾腾把蔫了吧唧的驱蚊草搬出。我问，效果如何。“不错，草里一只蚊子也没有。”妙语！敢情要躺在碧绿的鲜草丛中，蚊子才不敢接近呢。小窍门类似小聪明，效果实在有限，人们如果专注于家庭灭蚊，而对大环境默然，就像现在家里安个空气净化器来对付雾霾。家里厨房一个不起眼的角落里，我发现一张蜘蛛网，巴掌大小，袖珍可爱，网的主人还没一粒绿豆大，淡黄色，静静地守株待兔。我经常观察，心情很是舒畅，尽管那小精灵以为我来者不善会躲进缝隙，但蛛网上残留的蚊子翅羽和肢节说明这是很好的生物灭蚊。有一天蛛网消失了，我家那一位说她扫了，蛛网不卫生！把人喂蚊子吃就卫生了？我竟不知该说什么好。

还有一种方法，是我偶然发现的——下班回家第一件事就是开窗通风。闷了一天，傍晚的风感觉清爽，然后开火做饭。淘米洗菜时随意瞟了眼纱窗，上面竟落着一只蚊子，下意识随手拍去，蚊子拍死了，纱窗也差点弄坏。哦，此时房间渐暗，窗外夕阳尚好，是昆虫的趋光性使然？还是被闷了一天，蚊兄也要透透气？果然，一会儿又有蚊子落在上面，这次手轻了些，一样成功。一顿晚餐做好，也灭掉三五只蚊子，不禁为自己的新发现得意，心情如清风拂过。

此后，每次开窗后就拿着扇子报纸什么的把犄角旮旯呼扇一通，促使蚊子早点到纱窗上去，聚而歼之。这样在朝南朝北各两扇窗户前折腾一番，每次都有斩获。有时就想，我们不经意间让多少蚊子溜了进来，外面的蚊子怎么这么多？就像在我们引以为豪的高尚情操里，不经意间溜进来多少私心杂念，庸俗市侩，感染和传播可怕的思想病毒。

时间长了，发现纱窗上的蚊子特好对付，不像在其他地方，蚊子必须一击即中，否则你没有第二次机会。而纱窗上的蚊子即使它感受到威胁，也只会冲着纱窗直飞。为什么不呢，它已经触摸到清新自由的空气！当然，我现在用蝇拍，轻轻一抹，完事。由此可见，心中有数了，就可以认真观察一下蚊子。一种蚊子着陆时低头翘腹，两条后腿交叉摩挲，随时准备起飞——后来知道这是按蚊；另一种较安静，黄褐色，一动不动，是库蚊；还有黑花蚊子，张牙舞爪的，小时候听说它是美国过来的，咬人特别狠，传播多种疾病，学名白纹伊蚊，黑夜白天全天候叮人，绰号“亚洲虎蚊”。

这种灭蚊法也养生。每隔三五分钟，就要把四五个纱窗巡查一遍，一小时下来走不少路呢。况且，别人家不知道，我家的纱窗不怎么清洗，附着些尘土或油烟，色暗黄，与蚊子几乎同色，所以需要一寸一寸观察才能发现蚊子，这样蛮练眼力，加上窗外风景，很是养眼，同龄人差不多都戴老花镜了，我却没事。有一次，发现一只蚊子特秀气，身材修长，羽翅闪着金属的光泽，应是库蚊，蚊子中的美女啊！犹豫中，她消失了。我想，仲夏午夜，她会感恩送我一支小夜曲。

蚊子的多少，就是城乡社会文明进步的标尺吧。

2015年6月至2017年7月

鸡鸣·鸡蛋

鸡鸣

不知何时，我周围有了鸡鸣，雄鸡报晓的歌号。

今天关于鸡的概念，除去对这个名词的异化，恐怕已与肉和汤密不可分。在城市人的生活中，再也没有房前屋后搭建的鸡窝，没有公鸡雄赳赳气昂昂的王者风范和母鸡阵痛后一声声激越多情的歌声。这灵动的画面在人们的意识中越来越淡，如河中远去的一圈涟漪，而耳边一声声高亢鸣叫和悠远拖腔让这风情水彩又清晰起来，我有幸成为听着鸡鸣起床的人。

鸡鸣给我的震撼，并不在于旧时生活的返照，而是预示着新的觉醒。当头棒喝般的音符，是对物欲时代的透视和洞穿，令人惊悸汗颜，浮想联翩。中国传统文人的精神境界中，桃花源鸡犬之声相闻，“故人具鸡黍”的情怀，是宁静祥和的净土，是修身、齐家、治国、平天下的起始和归宿，“人家在何处，云外一声鸡”，深刻的烙印不可磨灭。鸡鸣声中，有青衫葛巾和宽袍大袖，有壮怀激烈和寸寸柔肠。鸡鸣声里，是文化的积淀，灵魂的家园。

鸡鸣是对中国文化特色最通俗的注解；是纯物质的东西发出的纯精神之音，既简单又深刻；是雅斋书院，柴扉农舍，乃至王府侯门的通用之音。令人不知肉味的“韶乐”不知所终，“广陵散”弦断魂散，飞天舞乐及霓裳羽衣曲多今人杜撰，只有鸡鸣一以贯之，没有方言变化文字改革，千百年来声情依然，这是一种超越，一种坚守，跳出三界外，又在五行中。

鸡鸣是文化，它的蕴含似乎无所不能。它是怨情，“鸡栖于埘”，“牛羊下来”，然而“君子于役，不知其期”，奏出愁苦哀婉。它意味着幸福踏实的梦醒，“女曰鸡鸣，士曰昧旦”（天未亮），缠绵悱恻，惟妙惟肖。它是日出而作的序曲，悠然心境中，有游历的脚步，宣纸狼毫间，是立言的翰墨。它更是一声号角，闻鸡起舞，金戈铁马里，抒发立功的渴望。或者，它还演奏着柴米油盐酱醋茶的交响，叙述着稚儿和母亲的营养乳汁、孩子的新年新衣和亲朋好友的美酒美食。没有鸡鸣的社会无法想象，如无鸟之林，无稼之野。“白骨露于野，千里无鸡鸣”。那是战乱，是浩劫，是曾经或可能再现的世界末日——而映照预示这可怕现实的首先是精神上的荒芜。

那被鸡鸣缭绕着的，必定是炊烟袅袅绿树红瓦的村落，村落里必定有勤劳富足、纯朴热情的乡民。自然与精神的统一，是完美大同世界的理想。它在冥冥中昭告光明的步伐，甚至在午休时也不忘提醒人们继续未完的工作，成为生生不息孜孜不倦精神世界的主旋律。雄鸡一唱天下白，它从历史的深处走来，唱阳关三叠；它是国家的形象，已跃然东方，呼唤太阳。尽管它没有机械的嘀嗒声来得精准，但人把握自己前途命运时却需要一种宏观的哲学的宣号。

城市里伴着鸡鸣长大的人已不再年轻，今天的鸡鸣则犹如当年长辈们来到城市听到的第一声汽笛。岁月并不回头，世事浮华依旧。站在窗前环顾周边，有酒店、民居和写字楼，沉郁的汽车噪声时厚时薄，茫然间又是一声鸡鸣穿越而来，如黄钟大吕，萦绕不绝……

鸡蛋

鸡蛋又涨价了。

不太久远的以前，鸡蛋是餐桌上的好菜。家养的鸡一般舍不得杀，更无多余的钱买鱼割肉，鸡蛋自然责无旁贷担任起主角的责任，滋润着如梭的岁月。它的身影，总是出现在生活中该出现的地方。但凡有些分量的日子，都彰显着它无可替代的作用，不卑不亢，庄重大气，珠圆玉润。它体现着布衣大众的普遍情结，又每每于平凡中透出高贵，这或许就是民俗的传统内容。

我记忆中最亲的人是姥姥。她三十多岁守寡，一人带大了五个孩子。我记事时姥姥已放弃工作专职照顾我们兄弟姊妹，后来又带我儿子，直到儿子上初中才回到另一个城市的家。我看过姥姥年轻时的照片，绝对的美人，五十多岁时皮肤仍像剥了皮的煮鸡蛋，健康美容的秘诀就是每天早上一个鸡蛋。姥姥走时90岁，身材极瘦小，火化后是我安置的骨灰，白白的骨殖，量仅盈捧，分明就是生命和灵魂飞升后的蛋壳。至今我仍坚持认为，每天早上厨房里的打蛋声，是世界上最美妙的音乐。

小时候每当听到母鸡激情的歌声，我都会飞快地跑过去，把温热的鸡蛋放在掌中欣赏。来航鸡的蛋洁白光润；固始鸡产的蛋个大，颜色也如它深黄的羽毛；草鸡蛋颜色、大小不一，却玲珑可爱。中医理论认为鸡蛋性平味甘，补气血滋阴阳。我觉得它天生尤物，亦菜亦肉，亦粮亦茶，为人们提供纯正的蛋白质和维生素，我们民族的坚贞智慧，包容谦和当是有鸡蛋打下的物质基础的功劳。还有一种鸡蛋，蛋壳上有红红的血痕，我不懂拿去问姥姥。姥姥轻轻地说，这是鸡的第一个蛋。

关于鸡蛋的故事很多，回味悠长，催人泪下。有时候情不自禁地想起小时候的一幕幕生活场景。童年时常盼望亲戚来，其实就是盼望那一大盘炒鸡蛋。蛋汁一下锅就闻到香味了，围坐的孩子们眼睛里都伸出长长的手，只差说感谢上天、父母和鸡赐给我们食物。中学时到农村“学农”劳动，在农户见过女人用鸡蛋换盐和日用品，还给她的小儿子换了一种黑褐色的块状物。那孩子张嘴咬住，手一拉便拔出长长的丝，嘴里嘟囔着："糖，好吃！"

年龄再大点，随同学去农村亲戚家玩。那叔叔说大老远来累了吧，喝碗水。女人急忙走进厨房。堂屋里条桌和两张木圈椅的上方挂着领袖像，两边挂着孩子们五好学生的奖状和摆满家人照片的相框，墙角还有一堆玉米棒子。没有热水瓶和茶具，开水要临时去烧，屋外折断柴草和拉风箱的声音清晰传来。不一会儿，女人端来了"水"：碗底莲花般卧着五六个荷包蛋，中间的白糖冒尖，像海里的冰山。

我对鸡蛋从小时候美食的直觉，到现在智者一样赋予它许多象征意味，每每觉得鸡蛋是那么亲切，那么熟悉，让我想到亲情，想到怜悯，感受崇拜和生命脉动。也许历史选择鸡蛋作为承载世事沧桑的支点是一种悲哀，但它荟萃了民生精华，吟唱着岁月戏文，这，更是一种幸运。

常常地想，那温润洁白，心一样玉一样的鸡蛋，温婉女子般娇美弱小，却又那么坚韧、那么刚强，她从过去踽踽走来，也会向未来款款而去。

但愿今天鸡蛋的内涵不要缺失贬值。

2011年3月

狗市

不知何时，在沿河临路的一段地方，形成了一个狗市。与花鸟鱼虫的市场不同，远远的不用看就知道是个狗市，因为那里狗声鼎沸。

被送到这里交易的既有藏獒、苏牧等大型犬，也有京巴儿、细犬以及状似狐猴指猴、小得可怜、瘦骨嶙峋的犬类。林林总总，是大家族的盛会。

每日清晨，到这里的狗在路上就互相认识了。因为它们一般都被三轮车之类驮着，目的地也一样。难得一见的它们彼此用我们熟悉的语言问候着，有的狗躁动不安，我想那是见到了异性。

人们在这里交易必须提高嗓门，间或辅以手势。没有顾客时，狗的主人们会吸着烟，聊着养殖经验、品种优劣之类的话题。狗却一刻也没闲着，虽被绳索拴着，两条大狗还是会找机会后腿站立，两条前腿扑搭对方，如人们久别重逢的拥抱。体形小的更自由些，它们兴奋地围着对方嗅来嗅去，或耳鬓厮磨，或蹄股相搏，中间夹杂着欢乐的叫声，天真如儿童嬉戏。只是吵得厉害了会招来主人的一声呵斥。指猴般的袖珍犬漠然卧着，学名大概叫鹿犬，突兀的大眼睛眼巴巴地看着对方，一只铁笼诉说着咫尺天涯。最可怜的是被交易走的狗，它们一步三回头，真是十里长亭，其鸣也哀，那眼神的震撼力让人不敢正视。那种叫松狮的狗，被置于人工搭建的平台上，展示着健硕体魄和浓密鬃毛，引得人们啧啧赞叹，但总让人联想到贩卖黑奴的镜头，有一种酸酸的幽默。

无论如何，这里是狗的天堂。那异样的吠叫，充满激情和欢愉的肢体语言，不分毛色，无论大小，不分品种，一样的亲热，便是同类社会的文明与和谐。自被人类驯化以来，我想不出有其他场合的盛会。我想到了一林子的鸟儿、一海洋的鱼儿及被心情染蓝的天空。或许在短暂的欢乐之后，它们会有新的主人，它们也会用鼻子锁定新主人的气味，重复它们千百年的忠诚。或许它们还要回到原来的地方，继续形单影只的生活。听它们听不懂的语言，看它们看不懂的画面，吃着能吃却不知哪儿来的食物，心中期待着明天或永远都不会有的明天，但它们一定认为此刻就是永恒。

市场上的狗也分三六九等。得益于狗祖宗受自然界的选择，有些犬在毛色、体形、性情等方面经人们肯定被保留下来，并在血统上提纯复壮，成了狗中贵族，身价不菲，备受呵护。一些当地品种交易价格不高，在市场上算是叨陪末座——您想要条好品种吗？行！这条奉送。一如过去的王侯嫁女，有丫鬟陪嫁。好在犬儿没有等级观念，藏獒大哥似的护着京巴，一条漂亮的苏格兰牧羊犬拼命向一条雌性黄狗献殷勤。若无主人管着，人家肯定会冲破门第观念，奔向自由的天地。由此想到，那些脱离了我们文明社会，比华南虎、大熊猫之类更易自食其力的犬，还能称它们野狗吗？倒是那些散落于乡村，默默无闻有名无品的狗，“鸡犬之声相闻”，更能体现人与自然的和谐。

现在的狗已不是当年的犬了。除了那些狗中贵族还保持着纯正血统外，许多品种已和自然界没了关系，是人工选育出来的，离开人类便无法生存，如我们常见的金鱼。也许在人类科技的干预下，犬类的异化还会演绎出一部恐怖的科幻小说。但人工选育也好，克隆也好，也只能在犬的审美和实用价值方面选择改良，选不了也改不了的是动物的天性。无论什么品种，狗都坚守着千万年来的祖训：对异性的爱慕，对子女的呵护，疾恶如仇的刚直，游戏般的狩猎技巧——与北极狼、非洲鬣狗并无区别。即使像狗市这样在人们眼中根本不是那回事儿的场合，却成了狗的盛大节日，奏响了亲情与野性、呼唤与回归的天籁之曲。

狗是独立、自然、和谐的元素，人类忠诚的朋友。我无意对市场交易和科技成果说三道四，相反更能理解生活在钢筋水泥丛林中孤独的人类与自然、动物亲密接触的心情。听着狗的欢笑，我也燃了支烟，却说不出狗的主人们那轻松而专业的话。

2011年5月

你说过你要来

那是一个有美好阳光的下午，手机响了。看着陌生的号码，接通只是不想给这么好的阳光减色。

噢，简直是另一个世界的声音。你怯怯地问一位同学们都知道的同学的号码，说可能来。完了我问还写诗吗，你声音低了些，说还写些散文。

事情很快就过去了，只是偶尔想到你要来。撮一顿没问题，然后呢，对，应该有一篇文章，就能作虚心状请教一番，毕竟是同学嘛。

先写了一篇回忆的，内容是铺一方手帕在草地，揽着膝头谈人生，意思是过去的事儿咱没忘。再写一篇深沉的，谈“醉里挑灯看剑”和“高处不胜寒”的感受，别后的漫漫岁月都没闲着不是吗。另外，我给你说，我写作，好辛苦啊，耗去了三度电和五包香烟。誊写好了，你没来，后悔没留下你的手机号。

寄去报社、杂志社发表吧，也许变成铅字更能说明问题。报纸经常看，说实话有的文章确实不怎么样。寄去了，并在寂寞中等了很久，你没来，文章也没发。那空落落的感觉真不好玩，人嘛，内心深处都藏着期待。

对了，你是文字行家，作品多一些才值得见面一晤。因而闲暇时也喜欢写写画画了。写过自己的浅薄，原以为文人附庸风雅，总要把自己写扁了心里才踏实。写着写着，越是用心理解社会，越是深刻剖析思想，越觉得自己就是海边拾贝的孩童，不能鹰击长空，无法鱼翔浅底，对生活更加敬畏。感觉真的如苏格拉底所说，未经检验的生活，是毫无价值的生活。还写了些游记。我去过很多地方，却没留心，不过是对过眼云烟的回忆。有时想，人的经历要是都像游过的名山大川一样多好啊，至少也要淋着雨，跟在你打伞的身后。我似乎明白了，从来都没忘记你，只是我愚蠢地认为，浓浓云雾后边没有永恒的神山。

渐渐地，一种若有若无，似优似喜，丝绸或巧克力似的情感，暮霭笼罩青山般地包围着自己。读过的书，走过的路，做过的事情，无论是高尚的或猥琐的，离经叛道的还是卫道的，如细沙一样从指间滑落，心里有了东坡赤壁的旷达和柳暗花明的清爽。有一次，野外工作时让太阳晒出了一身臭汗，回来便有了脱胎换骨的感觉，每个人的表情都鲜活了许多，以前觉得枯燥无味的事情也有了意义。噢，文字不仅可以成为一种事业，更是润物无声的春雨。如同现在每次电话铃声响起，身边都有美好的阳光。

原来等待也会上瘾。是长江边上那块高耸突兀的石头，还是满屋都是空椅子的戈多，都是又都不是。也许把年轻时的事儿多温习几遍心就不会老。那天翻出了三十年前咱们讨论过的一首诗，扉页发黄，满是尘土。大意是朋友约了我，天却晚了，又没了公交（当年没有的士），自己只好徒步而行，最后一句是“朋友该怨我多么难请”。现在，该我说你是多么难请了。拭去扉页上的尘土，想到了古代两个老和尚那两首著名的偈语。

手机在震动，如更年期的耳鸣，无用的信息太多。你没来，没有用上我为你准备的酒和文章。但我知道你已经来了，而且知道你住在什么地方。

2008年5月

雀儿死了

麻将在古代也叫雀牌，愚以为和其中的“一条”有些关系：为避免画面的单调，把一条画成了一只美丽的鸟儿，像凤凰也像孔雀，是最具诗情画意的一张，只是当代人已经漠然。

我很少在外面打牌，有一次在同事家小酌，完了大家一定要推几圈。落座后便定规矩：推倒胡，活将，出风报挺，能碰不能吃。我颇感意外。

我的麻将技艺是父亲传授的。论翻，也就是赢了赌注加倍。平胡、门清、缺门、断幺、卡张、独赢，二五八将和二五八赢都有翻，清一色、一条龙、对对胡、十三幺等加翻更多，能多翻累计，且能吃能碰，环境宽松，机会均等。因而，可以集中精力分析牌局变化，以多翻易赢为原则对自己的牌进行组织调整，比如手里已有五六个一样的张儿，就能考虑打一条龙。有次连吃带摸（起的牌）一条龙就差个一条，半天才摸上来，感觉这只鸟儿真是一只美丽的凤凰。有时也创新一下：规定每人一副牌里必须有“孔雀东南飞”，即由一条、东风和南风组成的一副牌，多了些浪漫情调。周末回家和父母家人一起玩，说说笑笑，养心益智。

但眼下惨了，自己浑身解数无法施展，有时眼睁睁看着一副好牌无法凑成——不能吃牌。好不容易起了一副好牌却只能推倒，简直就是拿金币去换一枚钢镚儿！技术含量太低了，随便四副加一对将赢了拉倒，什么清一色、一条龙、卡张都是爪哇国里的事儿。一场下来，虽没输什么，却累得像一头刚从井里挣扎出来的牛。我问同事，打牌的规矩咋成这样了？同事说现在谁知道谁和谁关系好啊，演双簧放水咋办，这法子不落埋怨。我无语。

最近，有朋友打电话说三缺一你一定要来救场。到了以后人又够了，我便在旁边观看。打牌的政策更严了：不能吃不能碰，点炮不赢只能自摸，想多赢可以加注。大家正襟危坐，表情严肃，空气都快凝固了，我便说了几句笑话活跃气氛，顺便评论牌局。朋友说你要钓鱼就钓鱼，多看牌少说话。我想起上次同事的话：汝果欲学牌，功夫在牌外，可别让人把你当成谁的暗桩，大家都是兄弟，为这事儿犯不着。人说观棋不语真君子，现在必须看牌无言大丈夫了。

看人打牌也很有意思。那位赢了的先生笑容可掬，一圈一圈的纹理可不是张大烧饼吗；那位两圈不开胡的伙计眉头上的三条就是打不出去；另一位朋友嘀咕着：邪门儿麻将，就是不上张儿，分明就是姓“万”的账房先生在盘亏。一双双滞重的手重复着几乎相同的动作，吸烟的不吸烟的都习惯性地叼着香烟，一只眼睛被烟熏得眯了起来，真替同志们难受。“幺鸡！”一位先生起到这张牌随手扔掉。这可是一条龙的龙首呀，是东南飞的孔雀呀，况且此公已有了六个条张，加上这只美丽的鸟儿，很容易让一条龙飞起来，可惜，太可惜了。

麻将牌外的东西摧毁了应有的精彩。麻将是人发明的，当然有理由继续创新完善，但眼前怎么看也是把一种极具智慧和辩证法的艺术简化成了小学低年级算术，我无法想象长期熏陶于这种塞智蔽聪、画地为牢的文化氛围，人们的思维和交流会是怎样。有人总结出“牌经”：看着上家，管着下家，琢磨对门，你要的牌憋死了也不打给你。我的总结是：戕害思维，荼毒生灵。门窗都关着，室内烟气渐浓，我感到有些窒息。

啪！有人把牌重重地拍在桌上，赢了。大家这才打开话匣子，纷纷抱怨自己运气太差，恭维别人手气不错，再燃起一支烟。

不一会儿麻将牌又被整整齐齐码好，看着这再熟悉不过的四道矮墙，突然觉得这个形状很奇怪：若把它比汉字，它像井不是井，有口不是口，看似四面都出着头，中间却围得密不透风……

雀儿死了。

2009年10月

小园花事

“清昼犹自眠，山鸟时一啭。”

清晨，枕边不时传来清脆婉转的鸟鸣，天然的叫醒服务，好梦转变成现实的悠然情韵。只是不在山间，而在我人境结庐的小园，鸣鸟也是一种山雀，白颊，灰腹，体型略大于麻雀，叫声甚是清丽。尤其是它细而长的黑尾巴，轻灵地翘动，像指挥家划出优美弧线的乐鞭。于是，披衣而起，在露台上踱步或到园子里浇花喂鱼。

国人多有园林情结，见不得一块地闲着空着，一定要种点东西，接地气又图地利，一畦菜果，几株花草，便觉得与自然甚至祖先有了沟通。文人更是嗜园如命，古往今来，文人墨客或豪宅佳园或茅庐柴院，都有那么个园子、院子用以饮酒品茶赏花挥毫。到了当下，居者有其屋，更多的却被困在半空中，仰天长叹，俯首羡园。机缘巧合，我的居所很是幸运。两栋楼之间，前楼修了排俗称煤房的储物间，中间又有一条地下车库的通道遮挡，加上西边的界墙，便生生挤出块狭长的空地，三家同享，我得其一。

天遂人愿，自然要好好打理一番。翻了些资料，网上浏览下载了不少园林的图片和文字，中式的、欧式的、日式的。感觉欧式的匠气太重，大理石的雕塑，规规矩矩的花木，得要多少精力和银子啊。日式的虽是中式之滥觞，小巧精致，移情含禅，却也失之于小气，像需要精心侍候的盆景。后来读叔本华，人家解释得到位：“准确地说应该是中国式园林……那客观呈现在花、草、树木、山水的大自然意欲，以尽可能纯净的方式展现了那些花、草、山、水的理念，亦即花、草、山、水的独特本质。但在法式园林里，反映出来的只是园林占有者的意志和意欲。占有者的意欲（意志）征服、奴役了大自然，这些花草山水现在不是展现其自身的理念，而是背负着强加在它们身上、作为奴役标志的……就是修建整齐的矮篱、裁成各种形状的树木、笔直的林荫道、穹隆等。”倒是很喜欢那个加拿大的园子，只有草坪和一棵好大的红枫，红绿相间，白色栏杆和白色桌椅，至简风格，超然大气，但实际情况不允许，丰满的理想还是要归于骨感的现实。最后的设计简单业余，有些山水花草鱼虫表达自然信息就好，人类对某些动植物的色彩、气味、形状赋予了文化情感的意蕴和寄托，园子就是选择性的荟萃。身在红尘，存一份清纯自然，让下班后一身俗尘的自己“天人合一”一番。

原来地面上已种了些花草，看起来也是花花绿绿的，一整理才发现地表以下十厘米都是建筑垃圾，碎砖头、碎石子、碎玻璃，还有磨盘大的水泥残块。开发商处理问题的智慧和隐秘被我们几个业余园丁发现，却也无可奈何，重新整理的劳务费用自理。为了确定这块地的污染情况和工作量，我挖出一个大概五六十厘米深的断面，除去上面覆盖的好土，剩下约三十厘米是土和建筑垃圾的混合物，比例三七开，一如建筑物打地基的三七灰土，这似乎是植物生命的禁区，我说上面的花草怎么总是病歪歪的。再往下是原来土地的表层熟土（这片地原是郊区肥沃的菜地），因长期被石灰水泥等碳酸钙物质掩埋，颜色灰黄，里面的腐殖质有益菌群估计早已不存在，还不如再下面黄而细的生土。看着这切面我突发奇想：这像不像一张大脑 CT（电子计算机断层扫描）的剖面照片，表层是我们为生活工作积累的智慧经验，下面是不是已被开发商式的精明占据？而被压抑侵蚀的人性善的沃土还能滋养多少仁爱智勇之花呢？花园，必须有好的土壤，就像人必须有道德底线，我们不能要求所有植物都像崖柏一样在悬崖峭壁的风霜中伫立千年吧。

小时候家里也有一块空地，不能叫园子。当时家属院都是平房，每家分一间半房，约二十平方米，我家住着三代六口，姥姥、父母和我们兄妹三个。因在最后一排，房子后面就是界墙（看来我与界墙挺有缘分），二者之间相距七八米，我家那半间是后半间（一间由两家平分），空地就有两间房宽，没有后门，也不允许有门，空地是公家的，只允许长荒草和杨树、桐树。“文革”期间造反派到处割资本主义尾巴，谁也不敢种菜养花。后来邻居们用枯树枝搭成篱笆墙分割空地，栽种些丝瓜梅豆角任其攀爬，夏秋就能采摘瓜菜，节省些买菜钱。现在酒店的蒜蓉丝瓜、清炒梅豆角都是时令好菜，价格不菲。当年在家说是炒丝瓜，可没油星儿，梅豆角更是开水一煮，盐酱油醋一拌就得，连着好几天配着粗粮花卷玉米粥往肚里装，其情其景和肠胃的感觉真是难以忘却。跳窗户进出后院大人们是不做的，除了碍于面子身份，还可以在有人说你家开了小片荒、种了自留地时，推托说是孩子种着玩呢。孩子们自然乐此不疲，跳窗户有了堂堂正正的理由。那些攀爬植物不需要管理，我们逮蛐蛐、爬墙头、捉迷藏，其乐无穷。冬天，在枯黄的草地上晒太阳是蛮惬意的事。一天，邻家孩子把已枯萎的丝瓜蔓截成短杆，划根火柴抽了起来。丝瓜蔓也是香烟般粗细，色暗黄，古巴雪茄的颜色，输送水分养分的植物因失水中空通气。我惊奇，比葫芦画瓢吸起来，火辣的烟气直冲脑门，咳嗽打喷嚏，弄得涕泪肆流。将息片刻，我们又点燃“雪茄”并优雅地夹在指间。“文革”时的几部经典电影看过无数遍，经典台词张嘴就来，模仿过正面人物的又学反面人物，荒芜的小园便是我们辉煌人生的舞台。几年后，家属院拆迁盖家属楼，家搬进了父亲单位的房子，“总而言之：我将不能常到百草园了。Ade，我的蟋蟀们！ Ade，我的覆盆子们和木莲们！”（鲁迅《从百草园到三味书屋》）殊不知一别四十年，上学工作甚至结婚育儿一直挤在父母家。自己的第一套房也在五楼顶层，“居无园”是生活常态。童年是人生的天堂时光，而我童年所处的时代也貌似天堂时代，那些野草、蟋蟀和小伙伴构成园林般诗意的栖居，与上下铺、杂面馍以及煤渣路上的骡马大车间或一辆汽车呼啸而过扬起的烟尘并行不悖。有一首经久不衰的儿歌叫《我们的祖国是花园》，网上查到创作于1956年，维吾尔歌舞韵味，活泼流畅，曲调十分招人怜爱。这歌儿不仅伴随我们成长，更启发了现在的开发商，把几乎所有的商品住宅称作花园，也激活了人们渴求花园的潜意识。还有，其中的一句歌词还成为一家知名饮料厂家的品牌。花园之所以魅力四射，是因为很多该有花园的地方还没有花园吧。

这个城市原来有两个公园，又新修了两个，还有几个在规划建设中。新修的两个公园，一个是中式，另一个用装修术语讲是现代简约。所谓现代，基本上是平面网格结构，以雕塑、喷泉、广场为主，绿化以高大乔木为行道树，间以矮灌木绿篱、花坛和草坪，还有一面水幕投影显示屏，远一点看播放的是广告歌舞，近了看就是一片光影，不过也是新奇，当真是“极视听之娱”。来休闲的人有跳广场舞的，打太极甩响鞭的，吹拉弹唱，不一而足。因为开阔，无遮无拦，放风筝的最多，风筝样式之多不必细说。那夜光的风筝，还被某个电视台哗众取宠说是UFO（不明飞行物）。中式公园里小桥流水、亭台楼榭、假山圆丘、曲径回廊一应俱全，中心位置还有个大水池，喷水的却不是十二生肖和十二星座。因没有像样的空地，广场舞没了市场，有的是甩手散步的，夫妻推童车的，遛狗的，花前月下谈恋爱的，傻坐玩手机的，更有趣的是晚上在小湖边钓鱼的（白天管理员会阻止），夜光浮漂明灭可见，一竿在手，蚊叮虫咬何所惧，这可是唯一稍显古人之风的情景。公共娱乐场所确实是让公众娱乐的，大家都来娱乐，却都是路人，各自娱乐，要想在此打坐静思、修身养性恐怕不行，也没有见过。坊间有种说法：当年曾有名人常在闹市中读书，其专注坚毅的品格助其终成大业。可惜凡夫俗子只能在自家院子喝茶读书发牢骚，没有院子的，地摊儿上也尽可以端起碗吃肉，放下筷子骂娘，然后回去蜗居，管他冬夏与春秋。

我到过故宫御花园和颐和园，惊叹于它们的精致与奢华。我到过东京，在日本天皇住的皇宫外护城河边盘桓揣测，那是一片被绿色簇拥的大园子，几处白墙青瓦的宫殿，像绿海中的孤岛。那些贵族为什么不住在不远处金碧辉煌的高楼大厦里呢？我去过奥克兰，它曾号称是世界第三大城市，凭什么呀，凭海边稀稀拉拉的几栋大楼？后来到了郊外山坡眺望，乌泱乌泱的住宅区，我看过几家，都是一两亩大的院子，二百多平方米的房子。主人解释说，所谓大城市，不是按人口和 GDP（国内生产总值），而是按人均居住面积。说这些有崇洋媚外的嫌疑，还是说国内农宅吧，孟子说，“五亩之宅，树之以桑，五十者可以衣帛矣。鸡豚狗彘之畜，无失其时，七十者可以食肉矣。百亩之田，勿夺其时，数口之家可以无饥矣。”这是两千年前圣人规划的小康蓝图。豚是小猪，彘，是大猪，“家”字的字面意思就是房里有猪。古意，猪是富足的标志，汉武大帝刘彻的乳名就叫“彘儿”。当前的农宅，特别是我去过的很多平原地区的农家宅院，半亩左右的地面（宅基）很平常，除了房舍，可以种树种菜，养鸡养猪。陆游的“莫笑农家腊酒浑，丰年留客足鸡豚”，鸡和豚，当然是自家的产品，也是升平社会古风犹存的写照。说到底，人在贴近自然环境中会感受到自己的本性，在拥抱草木花鸟时，会放空一切庸俗的心机功利，免受人类社会优劣的影响。自然的草木依然故我，鸡鸣狗吠率性而发，保持本真，我们对人生的感悟会更贴近真理，对良知的思辨和吸纳会更加真切，达到“人闲桂花落”的境界，这大概就是“陶冶”或“接地气”的注释吧。说农民纯朴善良，是不是和这宅院有关呢？当然，乡村盖小楼种花草还是近些年的事，社区的基本功能距城市还有距离，却足够你放空心灵，抖擞精神，达成人与自然的和谐。

农家有院子，显贵有园子，市民们好歹也有房子住，除了一天不到三分之一的时间打工为稻粱谋外，空闲的时间打牌、喝酒、侃大山、逛街、睡觉、拜神仙，节假日可以跑到山野景区疯一把，唯独没有自己的天地颐养思考。园子或院子是人类对物质和精神追求合二为一的标志，人们在自己家可以赤条条、可以张牙舞爪、放飞自我，做自己想做的事儿，因为是在四面墙上有天花板下有地板砖的密闭空间。园子虽属私人空间（暂作此论），却暴露在阳光下，与花草为伍风月为伴，达成私密与开放的中庸，放纵与约束的契合，孤独却贴近众生，知识道理、世俗风情在这里沉淀。在园中，你会被透明轻软、馨香柔韧的气息抚慰浸润，气场宏大，它从泥土草木花卉中来，从莺啼蝉鸣虫吟中幻化，从风中雨中雪里云里雾里飘然而至，与你心中的仁义良知琴棋书画凤凰于飞，它让一切的善良，欣喜怡然，忧愁愤怒，豁达平淡，敏锐智勇如溪流泉涌，而对阴暗龌龊自私庸俗这些人性的瘟病炎症清热解毒。卢梭说，“沉思到最后便陷入遐想，在漫无目的的思绪中，我的心神自由飘荡，乘着想象的翅膀在宇宙中漫游，那令人陶醉的快乐会凌驾于其他一切感受之上。”令人陶醉的快乐，李白体验过，“花间一壶酒”，“相期邈云汉”呢。花园，曾经或者到当下依然被认为是奢靡腐朽好逸恶劳的象征，而那些曾经被打倒在地再踏上一只脚的资产阶级生活方式，比如家居装修、饮食养生、交友宴饮却已成为时下的生活常态。而园子仍是多少人心中的梦，相信它也是中国梦的内容吧。

花了一个多月，每天下班清理杂物，砖头瓦块什么的拉走几板车，终于开始栽植了。梅花一定要栽，从《诗经》就开始比兴，“山有嘉卉，侯栗侯梅。”以后两千多年的流变吟诵“梅当王于花”就不多说了。植株高两米许，五厘米的胸径，“是红梅，明年就能盛花。”卖家说。同理，还栽了桂花、竹子、松树、红枫，都是文化意味很浓的植物。读过白居易“小园新种红樱树，闲绕花枝便当游”的句子，很感叹其雅致恬淡，不就是对我的指点吗？因此特意要了棵樱花，花大色深，是晚樱，与常见的粉白碎花不是一个品种。保留了原有的广玉兰、石榴及枣树，有花有果，雅俗齐备，济济一园。还想再种点什么，就像饿疯了的人碰上大餐。可惜了那棵松树，五针松，售价不菲。一入夏，碧绿的松枝上出现了铁红色的斑点，而后逐渐蔓延，一枝、一片，终至不治，人挪活树挪死的谚语得以应验。上网查，与松树赤枯病症状相同。去除枯树，那片地方未再栽植，想起残缺的美。古人有爱莲、爱菊、爱竹，梅妻兰友，对一两种美好植物的喜爱感悟即可终身受益，怎么能把所有名花靓树集齐呢，舍本求末，不知不觉中显示了贪多敛财的市侩气。尽管如此，我还是决定修建个池子，子曰：“知者乐水，仁者乐山；知者动，仁者静；知者乐，仁者寿。”水是中国园林的要件，故有水光潋滟、鸟宿池边树、吾亦爱吾池等，总之有了水，园子才会灵动起来。雇了专业师傅做池子，样子是我设计的，避让已栽的花木，池子在草图上像只大蝴蝶，做出来却是四不像，不过好在也是不规则的多边形，符合中式园林的自然风格。又拉来些山石，高低错落垒起来，化腐朽为神奇成了假山，这可是专业师傅的绝活，我是眼高手低做不来的。流水不腐，户枢不蠹，又掏钱配套打眼小井，买了个水泵，接根软管往下水道排水——专业师傅做池底有坡度，还做了个水桶状的坑，池底的污泥杂质沉淀其中，正好放进水泵，抽出污水，不服不行。这样隔天抽排一小时，可维持水质良好，让五块钱买的十几条两三寸大小的红鱼游戏其中。网购了蒲草、睡莲、水鸢尾，种入花盆沉入水中。有苗不愁长，特别是那蒲草，蹿长一米多高，平添了不少天然意趣。朋友钓鱼回来，送我一尾红鲤鱼，尺把长，红身白尾儿，窈窕妙曼。“送你条红美人。”朋友说。鱼入池中，成了红粉班头，唼蒲喋莲，极尽动静之美。

第二年春天，因移栽，困顿一年的花木纷纷抽芽绽花。争春的当然是梅花，而且诚如花工所言，一树盛花。近年冬季雪少霾多，自是无缘领略被无数文人吟诵的白雪红梅的场景。我在公园赏过梅，但如此长时间地、静静地、零距离地面对明花暗香还是第一次。它的花蕾与褐色枝条颜色相近，不易发现，后渐吐牙白、轻粉、浅红，弥漫以馨香，让一冬天灰褐沉寂的小园生动明快起来。沉浸于此，于寒风中，芬芳里，感受文人、英雄、智者、壮士曾经的感受，体验超然、担当、坚毅、俊雅——恐怕在游园走马观花时很难体会。折梅赏梅是旧时文人的一大雅事，《红楼梦》第四十九回宝玉雪中到栊翠庵求梅，有详尽的描写，“不求大士瓶中露，为乞孀娥槛外梅”，就是场景中的诗句。青花瓷器就有一款式叫梅瓶，小口、短颈、丰肩、瘦底、圈足，造型轻盈秀美，最宜插梅，当然还有盛酒的实用功能。这不，我就用一青花酒瓶（梅瓶）插上两支红梅，红粉蓝白，疏枝横斜，色彩造型都是绝配，窗台上一放，整个房间都没了脾气，下班开门半间屋都是香的，重现了“入世冷挑红雪去，离尘香割紫云来”的意境。我顺着唐人崔道融“朔风如解意，容易莫摧残”的句子续了两句——自家庭院里，撷来如初见。配照片发朋友圈，自是获赞无数，还有圈友调侃，这谁家小主呀。枫树抽芽就是红的，开枝散叶后让我想起《珊瑚颂》的歌词，稍加篡改：一树红叶照小园，一团火焰出墙来，红灯高照云天外，云里雾里放光彩。很符合现场情形。红枫是落叶乔木，有个难听拗口的学名，槭树科鸡爪槭，还是变种！不过也有个好听的，红叶羽毛枫，文学一加工，褐皮鸡爪马上变成叶形优美、色泽鲜艳的美眉嘉木。她颠覆了其祖辈世世代代迎寒傲霜的印象，少了纳兰性德“西风吹老丹枫树”的悲凉，在春日里惊艳，着一袭嫣红，与百花比肩，倒像还了女儿妆的花木兰。物有嬗变，树有变种，人有转身，诗酒茶话，让自然的春华秋实充实大家的情思和行为，自是物善其用。就算当下或以后会有风霜和人情世故中的种种不如意，需要傲霜斗雪，长啸短吟，为了坚守这份潇洒情致，浩然正气，自会激浊扬清，显示梅的气节枫的侠骨。美丽是一种温柔，也是一种坚强，让一切丑陋现形。“都云秋深霜色重，却道春浅满枝红。撷得一叶书卷里，便将纷扰付西风。”这是我的感怀。

说到读书，那天重读胡适之先生的《文学改良刍议》，文中把诸如“寥落”“飘零”“寒窗”“斜阳”“芳草”“春闺”“愁魂”“归梦”“鹃啼”“孤影”“雁字”“玉楼”等，统称为“滥调套语”。老先生是新文化的翘楚，在八股理学之乎者也汪洋肆恣，成为“德先生”“赛先生”大敌的清末民初，不破不立，自然需要清新的白话文传播新思想普及新知识。转眼百年将过，白话文已成常态，古文已归类传统文化，躲进了中文系和国学院的教材。其实，经历了十年浩劫，传统文化损毁严重，处于恢复期的今天，能熟练运用这些“滥调套语”的人恐怕不多，况且当年凝结出这些词语应属创新，李白的“杨花落尽子规啼”仍是好诗，“两句三年得，一吟双泪流”，没有古代文人努力推敲的钻研精神，就不会有灿烂的古代文化。问题是无论理论或者文学都不要僵化、绝对化才好，三寸金莲和贞节牌坊原本就不是《论语》里的内容，对事对物对人也是一样的道理。胡适先生说，“吾所谓务去滥调套语者，别无他法，唯在人人以其耳目所亲见、亲闻、所亲身阅历之事物，一一自己铸词以形容描写之。但求其不失真，但求能达其状物写意之目的”，基于此，录小园情景诗三首，可能是滥调，感受却真——

《初秋叹石榴花果盛茂》：“必至四月艳阳天，嫣红掩翠笑灿然。初秋硕果风中稳，仍绽新花舞梢端。”累累果实压弯枝条，枝梢仍发新花，翠绿中猩红点点，直追春色，怎能不激发人的想象。原诗用“初花”，圈友说，春发为初，再发为新。甚好。人需要保持年轻心态，活到老学到老，时髦点说，还需砥砺前行。

《雨后小园漫步赏樱桃》：“春雨竟日现晚霞，玛瑙泽露王谢家。邻人种花偏爱果，我亦爱果复种花。”邻家种了樱桃、山楂、枣、无花果，正是樱桃挂果的季节，嫩红满枝，珠圆玉润。俗话说樱桃好吃树难栽，人家把樱桃种到这份儿上，赏心惠口，实在是功德一件。当然，种花可以有果，种花爱花本身也是一种结果和回归。

《晨出惊叹睡莲盛开》：“婷出镜池花红黄，鱼戏莲东蜂儿忙。莫道夜夜如初蕾，朝迎艳阳第一香。”在公园和宾馆的池塘看过睡莲，也长时间凝神于画册中莫奈朦胧光影中的尤物。他说，“我在顷刻间发现到意想不到的惊喜——原来我的池塘是多么的美妙”。这也是我当时的感觉。那些飘浮在蓝绿色之上的鲜艳的黄色、紫色、红色就绝对是超验的结晶。莫奈的是大池塘，我则只有巴掌大的水面，但人心大于时空，可以穿越沟通。因为第一次亲种，第一次看到含苞多日花朵怒放，在清晨，酣畅淋漓地把心事全部掏空，让阳光和色彩充盈，是多么美妙。那带头戏莲的鱼儿，就是朋友送的红美人。

花园，也该叫草园——当然不是草原。鲁迅儿时玩的地方是百草园，细想这个园名起得好，花中有草，草中有花，草也开花，花草就有了泛指花木的意思。所以，花花草草，也可以理解为人们对园林花卉的俗称。屈原《离骚》中指名道姓的香草就有一二十种，而且还提到“百草”这个词，再就是神农尝百草，以百草命名实在是文化底蕴满满。不过具体到我的小园，草，就成了现实的问题。

出了园林，草的身份一落千丈，统称为杂草。从小到大的打扫卫生、学农劳动，草是重要清除对象，多年的习惯成自然，是有农作物无草、有花无草、有清洁无草的二元对立，是“香花毒草”的阶级斗争问题。回到小园，我又整了块空地，施了有机肥，栽了茄子、辣椒、西红柿，每种十来棵。因吃的是小灶，菜苗茁壮成长，渐渐草儿也跟上来了，苋菜、蒲公英、车前子，更多的是禾本科的草，真是生机勃勃。随着气温升高，草儿也跟着蹿长，特别是一场大雨后，湿热的环境简直是草儿生长的天堂。人不适合在这种环境下劳作，除去工作忙的借口，再就是蚊子咬。草丛是蚊子吃饭睡觉的地方，你把人家的安宁毁了，人家会答应？对雌蚊来说，这还是送上门的鲜肉大餐。况且，草为蚊子提供庇护，蚊子为草挺身而出，一天晚上我还看到刺猬出没其中，这也是一种自然的和谐。不得已我只能欣赏众草与菜苗同盛，清水与肥料共享的美景，体验陶翁

“草盛豆苗稀”的无奈。小园有了草园实质性的内涵，或者说更贴近了自然状态。已形成的功利型思维模式受到冲击，会让人的视觉很不舒服，也就谈不上心情的愉悦和宁静，文学意义上的百草园或者芜园从书中走不出来。邻家的菜园那叫敞亮，男人是退休的农业专家，整地打畦，除虫治病，施肥浇水，样样精细，从秋冬的大葱、菠菜、芫荽、白菜，到春夏的蒜苗、豇豆、黄瓜、秋葵、空心菜，当然还有我种的那些菜，一茬接一茬完美组合，茬茬光鲜水灵，靠凉台搭起架子，满满当当爬满了丝瓜、梅豆、苦瓜、冬瓜、葫芦，自然也是硕果累累。盛夏的清晨，邻家两口子全副武装下地除草，戴口罩帽子，围着围巾，长衣长裤，气死蚊子的盛装，如此辛勤的劳作，众草无所遁形。大家常开他们玩笑，说夫人是惠安女，老公是防化兵。为了腾茬儿，邻家老兄好几次把许多鲜菜连根拔起，丢弃在路边枯萎的草堆上（产出太多，送给亲戚也吃不完），菜和草画了等号。有时我碍于面子，冒着暑热和蚊叮虫咬保持一下草和苗的平衡，不一会儿就带着一身大汗和红疙瘩落荒而逃。“你的地可惜了。”邻家老兄说。为此拟打油诗一首自嘲：“雨后草浓没菜苗，满目苍翠不忍薅。野火尚且烧不尽，草盛苗青两逍遥。”

《圣经》上说，万物皆有时。草似乎不影响蔬菜产量，辣椒长而粗，每株结七八个，辣味十足。茄子也是滚圆肥硕，茄肉密实味纯，送给同事品尝直呼地道，因市场买的茄子多是打了膨胀剂，中空味寡。西红柿苗枯萎了，邻居专家说是得了病毒病，虫媒传播，无药可治，只能拔除，他的苗子也死了不少。草儿似乎从来不得病，千百万年的自然选择已造就了它们的金刚不坏之身，专家还把野燕麦的抗病基因通过杂交转移到小麦身上，以获得更好的抗病性。自然界几乎没有能威胁它们的生物病毒，还庇护养活了一大批昆虫和食草动物。因此，除了大规模的农业生产，我们实在不能对草儿说三道四，而我们恰恰想当然地把传统农耕的规则社会化，预设规则，把那些“对立面”大加挞伐。相对真理的绝对化，暴露了我们对自然认识的肤浅。野的、无主的、自然状态下的植物和动物，山林和水面，都可以随便杀伐或改造，为我所用，更不要说卑贱的众草了。那么，对草的鄙视是不是意味着对底层的鄙视、对所谓高贵者的维护呢？多少年来，它以顽强、坚韧和茂盛的生长状态一直在告诉人们什么，而骄傲的我们总是忘乎所以。当然，也有很多对小草的歌颂及对它在自然中不可或缺的位置的肯定，只是感觉是拟人的称颂，突出其社会性的平凡、奉献、无所求，侧重宣传教化。杂草，我觉得是带有物种歧视的称谓，就像英语中骂黑人的 nigger（黑鬼，延伸为社会地位低下的人）。

李渔说，“观群花令人修容，观诸卉则所饰者不仅在貌”。“卉”，本意就是草。深秋腾茬儿，又种了芫荽、菠菜、茼蒿和白菜，随着菜苗一起成长的有一种叫婆婆纳的草，肉质圆叶叠抱，小草时十分清纯可爱，便不忍刈除。谁知它们不惧寒冷迅速蔓延，直至把菜苗挤得东倒西歪。不过春节前后，它们开出一片勿忘我一样蓝汪汪的花，此情此景就像梭罗说过的，“远方的草原上生命之泉正在噗噗地冒着泡”。

“最好栽棵槐树！”干活的民工说。那天请他们来后院清理杂物。“是吗？”我一愣。他不认识已栽的梅树、樱树，却把小园最好的位置给了槐树。“槐树泼耐（方言，种植养护很容易），花香，还好吃。”他继续说理由。“有道理。”我打着哈哈。

洋槐，黄淮华北地区最为常见，与杨、榆、柳树并称四大树种，可以说遍布城乡。小时候家穷，春天的槐花是最好的糖果，因为花蕊里有蜜，尽管此蜜有蜜蜂采，孩子们放学后也要爬上树端大快朵颐。城市如此，农村把槐花拌上麦麸或玉米面蒸熟，就是一顿饭。所以，当时人们对槐树、槐花视若亲人，槐花情结根深蒂固，我有切身体会。时下每到这个季节，饭馆酒店都会把槐花当时令菜，食客众多。抛开绿色环保、调剂油水过多的肠胃不说，有点年纪的人潜意识里都有槐花情结。前几天邻居送来些槐花，很新鲜，母亲做的味道很地道，但只做了一次就不做了，任由槐花干萎。我只好帮着择洗，哄着母亲又做了一大盘。蒜泥香油拌也好，香葱鸡蛋炒也好，母亲都是只吃两筷子。问为啥，母亲说，槐花总让人想起生活困难的时候。是啊，当年槐花还是与人共患难的主儿。所谓糠菜半年粮，粮不够，野菜代，槐花应是其中的佼佼者，其他如灰灰菜、扫帚苗、红薯叶，还有榆钱、柳芽，这些现在和槐花一样也都登上了大雅之堂。不过当年这些东西与玉米面、麦麸、谷糠、豆腐渣和在一起蒸成窝头团子，蘸上酱油或盐就是大餐。这些事是我亲历的，时间在“文革”年代。当然，在万恶的旧社会曾经饿殍遍野，这是当时我们这些毛头学生听上年纪的人讲的忆苦思甜，母亲这两种时代都经历过吧。这些事当下很多人听起来像天方夜谭，不能因怕被指哪壶不开提哪壶而选择性遗忘。其实，槐花本不是主食，国人饮食文化丰富，起源却满是伤痕。当下，怀旧是很多人抒情的主题，特别是乡村，小河树林，地锅炊烟，一派唯美的风景，包括槐花在内的野菜杂粮都成为唯美的载体。这本无可厚非，但设想一下，若是都回到人民公社时代去挣工分，上山下乡，接受贫下中农再教育，大家恐怕打死都不愿意，美丽的年华需要处在美丽的时代才是真正的天堂。我家楼前的花园，现代的设计，姹紫嫣红，没有槐树。不知是谁也不知何时，栽了一棵槐树，多次路过从未注意，槐树在女贞、紫薇、银杏、玉兰的遮掩中生机勃发。一个暮春的晚上，一阵馨香袭来，温软甜润，如雪的槐花盛开，为此赋诗，“碧桃红杏处处栽，流水飘花逝远霾。暮春浓绿透皎洁，暗香度我至素槐”。亲切感油然而生。

“还可以再栽棵樱桃哩。”民工兄弟临走时说。现实中的小花园可能没有地方植槐，但槐树在我心中不可或缺。

草木之类，各有所长。槐花，自然之花，和牵牛花、蒲公英、矢车菊、连翘等共同组成自然的风景，那里，“人看见约略像他自己的天性一样美的东西”（爱默生《自然论》）。小园，不过是表演大自然的肥皂剧，一张宣传人与自然的公益海报。

2016年3月至2017年10月

散步的困惑

说是散步有益健康，所以近来无论上班还是休闲，路边散步的时间便多了起来。

无风无雨的日子，在林荫道上步行很是惬意，但时间长了就有问题，不断受到限制，遭遇尴尬。如远远的斑马线上是绿灯，走到时却成了红灯，如果像有的人若无其事地闯过去，内心便有了负疚感，也不安全。若站着等，又好像被罚了似的，挺郁闷。其实加快步伐是可以赶过去的，但散步的悠闲就荡然无存了。

一次，要去一个较远的地方，便决定步行一段，再坐一段公交。一路行来自不必说，公交站在十字路口的对角边上，因前面是红灯，就恪守公民道德规范，规规矩矩地红灯停绿灯行，待要过第二条斑马线时，要乘的公交车已悄然而至，等到绿灯亮后三步并作两步赶到，只追上一些新鲜的汽车尾气。接下来十分钟的等待便如爱因斯坦的相对论一样漫长。我就纳闷了，守规矩一定会失去机会？

当然也有运气好的时候。一次有个应酬，此行目的明确，加之动身晚了点儿，便快步而行。奇怪的是连过三个十字路口，都赶上了绿灯，特别顺利。赶到时身体微微出汗，神清气爽，应酬效果也极佳。有了心得，就又试了几次，但事与愿违，事情似乎又回到从前。尽管步伐加快，每次也只是赶上个把绿灯。失落之余也自我安慰，能尽力赶上个绿灯就是幸运。

避开恼人的红绿灯，右转再右转地转圈，或在河边花园之类的地方散步总行了吧，但问题更严重。散步本是闲情逸致，活动筋骨，加之本人喜欢超然物外，对身边行人从未在意。一天，妻对我发火："你怎么这么傲气，见了熟人也不搭理，你以为你是谁呀！"我丈二和尚摸不清头脑。一问才知道，那天散步遇上妻的熟人，人家好心与我打招呼，我却目中无人扬长而去，让妻很没面子。我只好认错，连说下次注意。但江山易改本性难移，以后几次依然如故，也包括自己的亲戚朋友，真是罪过。

还有，现在城市美了，社会富了，散步成了更多人的选择。不但人要散步，狗儿也要散步，那个字叫"遛"，一个含义已超出字典解释的字。养宠物，狗是首选，修身养性，寄托感情，我并不反对，只是散步时与其遭遇不可避免。有时碰上京巴儿倒也罢了，若是遇上藏獒或黑贝狼狗什么的，又没被绳索拴着，仅凭主人的吆喝控制，便心中忐忑。它们有时会像豹子靠近猎物一样，脚步慢慢地，眼神森森然盯着你，视你如荒原上的羚羊或野兔，至少也是夜入民宅的盗贼。至此，散步就成了最高境界的“恐怖之旅”，若再偶尔听到个别遛狗者说话文明程度并不比身边的被遛者高时，那感觉就更不妙了。

有时便想，必须设计一套应急预案：一要有紧迫感，注意观察红绿灯的变化，以便随时加快或放慢步伐；二是一定赶上那趟象征意义极强的公交车，为此不但需要奔跑而且要有违规闯红灯的思想准备；三要时刻留心，把眼瞪圆，像贼似的注意往来行人，以免漏掉熟人，伤了感情；四要像当年《红灯记》中李玉和交代女儿铁梅那样，“留神门户防野狗”，并打听好哪家的狂犬疫苗货真价实……想着想着自己也笑了，上帝！这还叫散步吗？

做有益于自己的事情时，也许正是该和自己较劲的时候。自己生性闲散，从未想过散步除本身意义之外还有冗俗，不经意间品出些哲理，闷出些觉悟，历练些胆魄，让你于尘世中回归心灵的桃源。

2011年6月

寻琴记

新房子要装修，想在客厅摆放一架钢琴。我不识五线谱，只会用单手弹几首简单的曲子，但拥有一架钢琴，却是藏在心里多年的心愿，跟谁也没说过。

毕竟很多年没有关注过钢琴的信息了，印象中步行街上有家店，门面很大，两层，我曾进去看过。但那天兴冲冲赶去，却发现已变成酒楼，又看看周围，两侧是品牌时装，对面是家茶馆，哪有琴店的影子。几天后同事请客，竟安排在这家酒楼，席间我问年轻的老板："听说这店以前是一家琴行？""不是，也是家酒店，三年前我接的手。""再以前呢？""再以前也是家酒店，至少十年了。"我语塞，猛然觉得这栋建筑的经历竟像我的经历。

平时我极少陪妻逛街，那天破例陪着去了一家大超市，超市里简直人山人海，让人喘不过气。标牌指示：地下食品超市，一楼化妆品、金店，二楼家电，三楼时装，四楼日用品、鞋帽，五楼家具世界。乐器在哪儿却不知道。问服务员，建议我去四楼看看。四楼百十米长几十米宽，在人群中从东到西一家家店铺看下来，最后在西北角上发现了文化用品：各类健身器、球类及吉他、二胡。只有一架钢琴，服务员态度很好："您确定要的话，我们可以联系供货，品牌价位都可以商量。"在嘈杂的环境中，我早已没了心情。这时手机响了，妻斥责："一转眼跑哪儿去了？"

有了这份心，平时出行就留意临街门店。那天在体育中心商业区，一抬头，二楼上赫然有块"×× 琴行"的牌子，不禁暗骂自己愚笨，有时只需抬头看看，境界就不一样。果然，旁边还并列着"×× 音乐教室""×× 舞蹈学校"的招牌，想不到在一楼电脑手机大世界豪华门面的丛林之上，竟有音乐的殿堂。我三步并作两步爬上二楼，却发现昏暗的楼道寂然无声，多数房门紧闭，门上倒是贴着不少复印纸打印的"×× 琴行"等简单标识。有一间房门开着，一位年轻人在电话机旁漫不经心地看杂志。楼道上有不少纸屑烟头，走近另一个楼梯出口时，有个卫生间，地面有积水，霉味很浓。难道孩子们就在这种环境中学琴？我的感觉从柳暗花明又回到了山重水复。

心有不甘，接下来我借工作之便又"搜查"了大学区。遗憾的是可能地处市郊，发现都是便利店、小吃店、文具店及网吧，大的品牌店几乎没有，几万学生，谁会买钢琴呢。我灰心了，漫无目的地在街头散步，无法排解"拔剑四顾心茫然"的郁闷，直到一辆出租车在我身后鸣着喇叭。

有些事真是可遇不可求，在回市区的路上，在不算繁华的街区，一块红底金字的大招牌蓦然映入眼帘：琴行！

这是一家真正的琴行：地面是奶油色地砖，左侧整齐摆放着两排十几架钢琴，从乳白到胡桃木各种花色由浅入深，右侧是古筝、电子琴、架子鼓等，其间点缀着绿色植物，十分洁净优雅，有一种久违的亲切感。店内没有顾客，向我迎来的三十多岁的男子应是老板，柜台内有个戴眼镜的女孩儿，像是收银员。

“先生想要什么，西洋的还是民族的？”老板中等身材板寸头，很精神，戴一副宽边眼镜。见我左转，他随手打开了灯光，地灯和射灯让各类乐器更加锃亮典雅。“这是我代理的品牌，国内一流。”我注意到钢琴商标都是洋文，只有商品标签上注明产地“上海”或“广州”。“只有两个品牌。”我说。“咱这地方两个牌子就不错了，再说里面有六七个档次，选择空间很大，您看这款，全部是进口零件。您是学校的？”老板试探着。“我是学校的，但无权买琴。”我说。“那您是给儿子买？”“我这个年龄快该给孙子买了。”我笑了。“噢，那您一定是老板，现在大的西餐厅都有钢琴，提升品位。”“有带三脚架的吗？”我看这里没那种大家伙，顺势问道。“没有，根本卖不动，您还是第一个问这种高档货的呢。”老板倒是实话实说。

“你店的位置不好，不容易找到。”我很感慨，也想把话题岔开。“谁不想到市中心，租金太贵！”老板摇头。“生意不错？”“凑合吧，这东西又不是米面，人每天都要吃。”“每天吃点琴声不更好吗？”我灵光一闪。“哇，好精辟！都像您一样我发大财了。不过上个月我卖出去十几台。”上个月是五月，接下来是儿童节。“都是给孩子买的吧？”我猜测。“对，现在人们对孩子舍得投入。”我欣慰，有了投入，下一代中会奏响更多激越优雅的琴声，但我还想说，我们这一代人为什么放弃包括钢琴在内的文化追求呢？记得多年前电子琴热，不少熟人不辞辛劳，每天晚上都带着孩子学琴，自己却对音乐一窍不通。

“产品质量怎么样？”我问。“小琴，来给先生演示一下。您要买的话，我建议您买这款。”老板顺手打开琴盖，这是款高档琴，是店里的第二价位。柜台内戴眼镜的女孩儿款款走来，慢慢坐下，霎时，一串美妙的音符从她指下淌出。女孩儿白皙纤长的手指在琴键上蝴蝶般飞舞，乐曲轻松流畅又简洁明快，让人陶醉于“明月松间照，清泉石上流”的意境。“音色不错吧！”老板的话把我拉回现实。“小姑娘琴弹得真好，真是名副其实。”我由衷地赞叹，女孩儿羞涩地笑笑。“是李斯特还是肖邦的曲子？”我想卖弄。“这只是支启蒙练习曲。”女孩子白了我一眼，又回到柜台后面。我顿时脸红。“您知道李斯特和肖邦肯定是有学问的人，以前来的人只知道克莱德曼和郎朗。”老板给我搭台阶。

“要买打几折？”我急忙转换话题。“不打折。”老板一脸正经。“什么？”不合常理呀，我不相信自己的耳朵。

“艺术从不打折，但购琴可以优惠。如果是尊佛像，你能说买吗？”老板的包袱甩得很巧。“是的，应该用请字。”我机械地回答。“对呀！”接着老板详细地介绍了每款琴的优惠幅度及各项服务。老板的介绍我一句也没记住，只有“艺术从不打折”这句话不断在耳边回响。出门时我主动握着老板的手：“我一定再来！”

我还决定，回去把我的愿望告诉妻子。

2010年8月

祖、父同当

又当爹又当妈，说的是辛勤养子持家；又当爹又当爷也很正常，儿子结婚生子，老来含饴弄孙是人生快事。要是同年同月几乎同时获得这两个“职称”，就有的说道了。

事情就发生在我身边。我的一位朋友，比我小两岁，也五十出头了，称他老 C 吧。他的大儿子跟他第一任妻子去了美国，前年结婚，其儿媳妇今年临盆。今年春节前朋友聚会，见到他第三任妻子腹部隆起，说又是个小子，预产期是今年三月。我突然醒悟，说你老弟不是同时当爹又当爷嘛。大家说可不是嘛，你小子真有本事，命大福大造化大，多子多福，又双喜临门，这可是逸闻佳事，必须好好请客。

我这朋友是位帅哥，一张不显老的娃娃脸，敬业好友，颇有侠气，虽是公职人员，铁哥们儿却不少，而且都是多年老友。我与其交往快三十年，还不是时间最长的，但对他的婚史比较清楚。其第一任妻子，小时候和我同在一个家属院，大概小我六七岁，父亲是古巴的归侨，懂事漂亮又乖巧的小姑娘，我与其兄是好朋友。其兄是一个极要强要面子的人，篮球打得好，因为以前他想和别人玩球，却被拒绝，因而发愤练球。他家有一支老牛筋网球拍，美国货，拿它打羽毛球，沉甸甸的不好使，大家却乐此不疲，毕竟当时买羽毛球拍不现实。可惜这老兄上高中时就回老家广州了，后来我搬家了，与美少女也没再见过面，听说她大学毕业后在医院工作。1987年，工作调动，我与老C对桌办公，闲聊时得知弟妹就是当年家属院的美少女！那时候下不起馆子，想喝两杯都是回家，美少女着实做得一手好菜，结新友讲旧事，真是人生何处不相逢啊。那时，有海外关系吃香，出国谋生时髦，美少女去意已决，先广州而后美国。我这朋友极纠结，我们谈了很多，主要朋友考虑自己是公务员，没有一技之长，加之父母就这么一个儿子，去那边风险极大且忠孝皆无，于是咬牙跺脚挥泪而别。老C酒量不小，那段时间却经常醉酒，有一次还与人吵架，把胳膊弄折了。知我者谓我心忧，因为不久后我也有机会到深圳特区，却纠结一番放弃了，尽管只是小小的纠结，但更能体会朋友的心情。几年后，我工作变动，离开了机关。

见面少了，但每因公务见面或私人见面的机会都会问及他何时再有家室，老C却顾左右而言他，说美少女在广州某医院，工作不错；美少女到美国了，给人打工；如此等等。想起歌词“我想有个家”，想到《诗经》，“之死矢靡它”，真是死心眼。有一次老C对我说她拿到绿卡了，把儿子也办了过去，那笑意语真是写在脸上，感染得我也如释重负。那事该考虑了吧，我问。看看吧，这家伙欲言又止。这一看，又是两年，伙计们也懒得问了。终于有一天，老C打来电话，到你家喝几杯！身后跟个女孩儿，一说话就知道是东北人，大眼乌发，挺爽快的。寒暄中得知女孩老家沈阳，现在本市工作，离婚无子。我说，我这兄弟可是实在人，叔叔阿姨慈祥厚道，你可捡个大漏。女孩一笑，他爹妈我见过了，是挺实诚的。我们哥俩好久没见，三杯过后渐入佳境，便胡侃海聊起来，说朋友谁提拔了或换岗了、离婚了，说欧洲、东南亚等国际大事。当然，谈论最多的还是美国，啥时候咱们去美国看看，让弟妹当导游。说过这话我下意识地捂了捂嘴，得，刚才把人家女孩晾了半天，这会儿又口无遮拦。果然，女孩黑着脸站起来，说有点事，失陪了。道歉已来不及，老C送走女孩回来，说接着喝。我说改天改天，赶快替我给人赔礼道歉，陪陪人家。没事，老C说着端杯一饮而尽。一看，第二瓶白酒已喝去不少。

老C二婚没有摆酒请客，我和一帮朋友后来见面埋怨他不够意思，他淡淡地说这也不是特别大的事。是吗，为什么？我看着他。她对我父母特别好，哄得老太太很高兴，我整天在外回家少，让她多陪陪老人，尽尽孝心也不错。老C像在解释。百善孝为先，无话可说。两年后，听说老

C又添了个儿子。有一年春节弟兄们在一起打麻将，那女人抱着孩子跟着，可能还是听不惯这些人说话的内容和方式，没打两圈女人就把老C吵着推着拽走了，理由是孩子不舒服，老C脸色尴尬。打那以后我没再见过这位女士，偶有聚会，老C总是没空，不是接孩子就是看老人，偶然独自到场，中间还要出去接几回电话，脸色阴晴不定的，传达出某种不祥的信息，大家就开玩笑说赶快回家跪搓板吧。有一次，老C与一个多年不见的朋友聚会，酒至半酣，说起二婚的事，这朋友大急，说这么大的事也不和弟兄说一声，不够朋友！老C解释说没叫几个人。这兄弟更急，咱没钱？咱俩认识的时间短？他都知道了（指着我）我还不知道，不够意思。老C这会儿算是说不清了，连说我自罚三杯。十杯也不行，这兄弟不依不饶，结果老C大醉，横在床上睡了一下午。醒来后对我说他们夫妻已分居好久，原因是共同语言很少，媳妇对公公婆婆态度粗暴。"最不能容忍的是，她打我妈！"老C说到此表情激愤。我想他们之间会有些状况，但没想到会这样糟，对公婆前恭后倨，这女孩的性情实在不好琢磨。叔叔阿姨我见过几次，都是很慈祥和蔼的老人。那个哥死了，老C没头没脑地来了一句。"谁？"我一惊。××，美少女的哥哥，工作不顺，家里又闹离婚，抑郁症跳楼了。"人有时真脆弱。"我感叹，"你可不要想不开啊。""不会。"老C声调不高。又过了一年多，老C告诉我，离了。她原来的房子和我的房子都给她了，我现在住老太太家，每月支付若干抚养费。我说，赔大发了。他说，清静。

现任妻子也在机关工作，也是离异无子，清纯可爱，颇有文化。他们每天同乘一部电梯上下班，交往过程不得而知。我知道这些，已经是五年后了，这家伙还搞地下工作，对大家瞒得好严，因为这些年每次见他，他总是说不谈了，太累。婚宴那天，几个铁哥们儿不约而同大醉，像是一种解脱。

过去达官贵人妻妾成群，儿女必多。现在很多贪官生活腐化，小三私生子不少。老C极传统，从未听说有什么绯闻。当然，弟兄们有时开玩笑说他挺有桃花运，但三次婚史是坎坷多些还是幸福多些呢?

最近见老C，问他忙什么呢。他说，小老二（二儿子）上高中了，想去美国。

2014年4月

落花不语空辞树

清明后做了个小手术，不得不背几天床。这天天气晴好，午后小园徜徉，却是落花满地。是海棠、樱花扑簌簌飘红，特别是樱花，一阵微风，便是花雪飞舞，说实话有些震撼。以前赏花，总是在初蕾、在怒放时，欣赏联想，执着于人生如初见的美好，对于落花，知道那是伤感的场景，不愿意多说多想。眼前零距离的落花竟别有一番滋味。池鱼唼喋，激起圈圈涟漪。

古人对落花很有感受，落花流水春去也，是古诗词的典型意境，人比落花，事如风雨，多抒发伤逝、追思、惆怅的情怀。春尽花落，随风飘零，青春易逝，心事难成，确是勾人愁肠，“诗成流水上，梦尽落花间”，成就了众多名篇佳作。最著名的该是林妹妹，《葬花吟》道尽了红消香断、风刀霜剑、花落人亡的凄惨。此时我漫步小园，却没感到“忍踏落花来复去”的“忍”意。

当然也有积极向上的吟诵，“落红不是无情物”“落花时节又逢君”“桃花乱落如红雨”“细数落花因坐久”等等，从落花中感悟出奉献、欣喜、怡情、淡然，坦然面对凄风苦雨，世事无常，回归于独善其身的文人情怀。细细品之，他们的意境虽然明快细腻，但总让人觉得有些强颜欢笑、无可奈何的悲苦情结，背后隐藏的是巨大的伤春、惆怅的阴影。留下的深深烙印是，花是不该落的，或者不该这么快或以这么无情的方式飞落和逝去，伤感便成了落花规定性的特征。

落花是自然现象，那些颜色、气味、汁液、形状，完成了招蜂引蝶孕育后代的使命，便没有了存在的必要。植物自身的调节，地心的引力，风雨的助力，香消红残四散飘零即成当然，一如舞剧落幕，演员卸妆。“粉饰的时间太久了 / 她已感到了一些不舒适”，“卸了妆的她，才是一片 / 内心透明的玻璃”（泥夫《卸妆》）。我们想象一下，“花褪残红青杏小”，新的大幕已经拉开，春华秋实，那些因落花而触景生情、宣泄块垒的名人佳作，花儿卸妆，客观上是其心灵和事业的历练过程。

我印象中把落花与果实结合起来抒情的作品不多，“春种一粒粟，秋收万颗子”，说的是粮食。吟诵梅花、杏花、梨花、桃花等，无论花开花落，都很少提到青梅、黄杏、雪梨和蜜桃，可能讲这些物质性的果实俗气，也可能是美学两个不同的表现范畴。但如果说花儿是精神，果子是物质，加上时光荏苒，这就是春秋了，春秋大义嘛。况且葡萄花、枣花甚至蒲公英的花，细小如粟；迷你的太阳花，天生丛中笑的主儿，它们紫的、青的、红的果子，是另一种花的诗意。尤其是轻扬飘忽的蒲公英，亦花亦果，把命运交给风。

花盛花落数樱花。赏樱须在现场，无论单株还是成行连片，无论花开花落，浅韵乡愁，都能感受那份震撼。“山路的两旁，簇拥着雨后盛开的几百树几千树的樱花！这樱花，一堆堆，一层层，好像云海似的，在朝阳下绯红万顷，溢彩流光。当曲折的山路被这无边的花云遮盖了的时候，我们就像坐在十一只首尾相接的轻舟之中，凌驾着骀荡的东风。两舷溅起哗哗的花浪，迅捷地向着初升的太阳前进！”这是冰心描写樱花的段落。其实魏晋时就有“野棠开未落，山樱发欲然”（沈约《早发定山》）的描述，好一个“然（燃）”字！上个月同学会聚南京，南京林业大学校园樱花怒放，“长枝出云迎面蕊，簇瑛缤雪足下涛”即是当时的场景，微风中落花如雪，漫步走过，足下风带起花瓣，如仙人之蹈香海驾彩云，正是视觉和心灵的盛宴，自然一扫卿卿之戚，有的是激情如火，壮怀激烈，“虽然花落后，犹似盛开时”。

大音希声。花落无声，有的是风声雨声、鸟啼蜂鸣，诗人感慨万千心潮逐浪，心中自有沟壑风雷，哀婉愤懑励志之后，依然是“落花不语空辞树”的真实和超然。荣辱不惊，闲看花开花落，个中哲理禅机颇耐寻味；彩虹只在风雨后，此言不虚啊。

“坐酌泠泠水，看煎瑟瑟尘”，落花如尘，世事如尘，是需细细烹煮一番。

2017年4月

“贡案”

网上一看到这个供案，就决定拍下来，是无理由的直觉。

此前对巴花大板和江南风格的黄花梨木茶台很是中意，现在必须让位于“贡案”了。“贡案”就“贡案”吧，也是对神祇一个交代。

规范的汉语应是“供案”，供奉神佛，置放供品的几案。贡，是把好东西进贡给上级，一般特指皇帝。凡是金贵的、稀罕的、有特色的，官绅、布衣都会贡上去献媚求荫。人也可以是贡品，地方庠塾送国子监学习的生员叫贡生。所以，称作“贡案”不伦不类，容易让人理解为准备献贡的一张条几。不过供案也让人联想，犯事了，口供记录在案，接下来签字画押什么的，甚是不爽，不用也罢。时下“贡”字应用得比较多，且“贡”之对象都是高大上的。

“贡案”长宽高分别是180cm、45cm、86cm，横平竖直，窄长苗条，简约庄重，朴素大方，深栗色和黄花梨木的纹理突出了凝重的效果，桌腿根部稍外凸，呈兽足状，让人想起猫科动物收拢的利爪。“贡案”上放一对花瓶，中间置放一尊小小的领袖像，看起来很舒服。

明清家具乃至经见过的中外家具，大概只有供案不是唯物的实用物什。旧时代堂屋八仙桌太师椅后边贴墙的地方，就是供案所在，即在最显眼尊贵的地方，放置最无实用价值的东西，但供奉的神佛左右着你的价值观和行为方式。有钱人家里还会有多宝架，也是体现精神享受的家具，上边可摆放礼器文玩，却供不得神，而且总是侧身站着，尽管摆放的器物可能价值连城。

爷爷信奉弥勒佛，小时候回老家，对粗壮的实木供案上弥勒佛像的印象极深。当然，穷困的爷爷只有一间房，多宝架就免了。爷爷过世时佛像没有了，时值“文革”，爸爸连花瓶也不敢带回来，那花瓶现在想来起码是清末民初的老物件。爷爷的一生和父亲的前半生可谓历尽坎坷，可能托祖辈庇佑，或者神佛显灵，到我们兄妹及下一代，虽未大富大贵，也算风调雨顺，算是为自己的直觉找到一个佐证。

世界上神很多，基督、佛陀、太上老君等，神太多，一个一个供供不过来，便干脆设计块牌子——“天地全神之灵位”。这在过去乡村很常见，或放在堂屋的供案，或置于院子的神龛（现在又有恢复），标准的中国特色，体现虔诚，不得罪任何神仙，只是香火未必能飘到每个神仙面前，心理安慰罢了。不过尽管是“天地全神”，范围大概也仅限于道教诸神，从太上老君到灶王爷、八仙四海以及草木花鱼、牛鬼蛇神，都在玉皇大帝麾下，俯首听命或极给玉帝老儿面子，说白了就是封建王朝的虚拟版。说文学源于生活，神怪亦源于社会，那是不错的。所以天地全神是必须供的，大神小鬼一个也不能得罪，道理你懂的。

除了道家诸神，几千年的时间里我们还创造了两个神。一个是孔子，从良师益友国家高管一路飙升到“大成至圣”，儒释道三教之首。说实话《论语》的文化精神、哲学意义确实需要认真研读躬身践行，只是后世的儒生们“述而不作”，又加上帝王们“罢黜百家”，使之渐渐成了捆人的绳子，摄心的魔咒。学说纵然伟大，也经不起百口铄金，就像一棵大树，先不说独木不成林，没了约束和竞争，便会横生出许多枝杈，只能砍作柴——但很多人仍把它奉为圭臬。另一个神是关羽，这位仁君义勇双全，忠义太扎眼，代代加封，“关圣帝君”已无以复加，直与孔子比肩。现在不少商家把与金钱无关的关公当财神敬拜，说是忠信既至，财源滚滚，解释很有辩证思维。也不知在天上的关老爷看到那些黑心商家的所作所为，会作何感想。

1975年，学校组织学农劳动。那时我上高一，劳动间隙和村里的小伙伴聊天，他们说村里有间老房子里有鬼。我说我不信，晚上咱们去看看，他们说俺可不敢去。我说：“为啥只有农村有鬼，城里没有？”小伙伴们语塞。这是我一直引以为自豪的话。光阴荏苒，作为无神论者，现在也搞个“贡案”供神位，而且感觉不错，想想觉得讽刺又搞笑，而没有它又觉得少了些什么，像人被捆住手脚时无法忍受，可无法无天了也会感觉手足无措，这确实是个问题。

从古至今，人类发展与对神的崇拜平行不悖。萨满自然神、印度湿婆神、埃及太阳神以及基督、伊斯兰、儒释道，林林总总的寺庙，虔诚的人群，人类在匍匐于地祈求神佑的同时，一步步发展成熟。因为神不会说话，必须有人代言。许多地方还保留或变相保留这种方式，像政治娶了宗教做媳妇，国王、首领的意志就是神的旨意，违背是大逆不道的。孔子的“敬鬼神而远之”也变了味。倒是当前市场经济赵公元帅吃香，信仰真空，旧的塌了，新的何在？自我极度膨胀，就像把多宝架摆到了供案的位置，怎么看怎么别扭。盛行的养生之道验证了空虚，除了自己的肉身，还有什么值得真心在意呢？包括我在内都有这种感觉，人不能太自私了吧！

说到底神是人们美好愿望的化身，是克难奋进的动力，这就是为什么说人要有点精神，几千年来人的精神化出为神，化入为人，坎坷往复，不断进步，神在远方，群星闪烁，日月光辉，人心如昼。当代欧美人大到战争、社会变革、科学实验，小到日常琐事，都会说“上帝保佑”。所以，任何神的存在都基于它的普世价值，而不是某种政治伦理。

眼前的“贡案”让我想了这许多。人活于世确实要有所畏惧、有所供奉，要有点精神，畏惧真理，怀一份信任，留一腔真情，存一方守望，供奉于社会亲友，贡献于真理灵魂，这是神，也不是神。

想在“贡案”的花瓶里插上几羽孔雀翎，好看，但没有顾上去买。干脆插上根鸡毛掸吧，敝人修为还不到“原本无一物”的境界，神台灵台容易招惹尘埃，需要经常拂拭。

2014年10月

秋草中腾起的鸟群

深秋，正午的阳光有了温暖，似乎要给将要枯黄的草儿以最后的安乐。那曾在春天青翠、夏日茂盛的草儿，有的已高过膝盖，此刻要用整个生命历程诉说最简单的道理。树也没了婀娜，很是清爽，偶有鸟儿的鸣叫传来。

在黄黄的枯草中散步，难说潇洒，听着茎秆折断的沙沙声，即使自己的生命与化为枯草还有一段距离，心情也好不到哪儿去，思想上有荒漠的感觉。走着走着，便不自觉走向草丛深处。

蓦地，草丛深处腾起一群鸟儿。大约百十只，有灰喜鹊、斑鸠、戴胜、麻雀，有的叫不出名字。这可是鲜活的生命啊！惊讶过后，听到自己的心怦怦直跳。作家要灵感，探险家要刺激，哲学家要思想的火花，我凭空打搅了鸟儿休闲或工作，怔怔地看着它们落到不远的树上，冲我发火。

灰喜鹊的叫声有些愤懑，但传统观念先入为主，听起来并不刺耳；斑鸠咕噜咕噜地嘟囔着，好像愿望从未得到满足；戴胜鸟的叫声短而悦耳，如小女人的嘤咛；麻雀们叽叽喳喳如故，如网上的热议。有一种歌声很好听，但不知道那鸟儿的名字……

鲜活的生命是常在的。

一般人们喜欢春天，对燕子归来草儿返青都十分敏感；对秋则很伤感，秋风秋雨愁煞人，自然的秋和心上的秋表露无遗，即便赞美红叶，也像是对肃杀之气的最后抗争，惨烈而悲壮。季节各有特征，人们习惯把四季与七情六欲、生老病死联系起来，成为自然的感情模式，如春和秋固定的象征。但在眼前，枯黄的草儿能否承受生命之轻，飘逸的鸟儿能否翩起思想之重？

由春想到秋很自然，如林黛玉；由冬想到春很超前，如雪莱。把秋等同于春夏，不是科学家的时光机，也不是诡辩——秋冬的鸟儿在春夏的草中起舞？我曾在夏日的碧草丛中见过死去的鸟儿，当时有些不解。是夏日碧草杀死了鸟儿，还是深秋的鸟儿湮灭了青草？是春秋鼎盛的夭折还是耄耋迟暮的重生？我困惑。

鸟儿飞鸣于我们只是感觉符号，绿草和枯草都是背景，那惊鸿一瞥造就诗人多少情愫。春夏时节，浓密树丛中鸟儿鸣叫，只闻其声，难觅其影，偶有鹰击长空，鸟掠树林，总令人激动不已。若是在深秋呢，枯草会把思绪染黄吧，落寞情怀，遥想当年。思维概念中鸟儿已不存在。而眼前的鸟儿轰然而起，那感觉就像被闪电击中，心焉能不跳得更快。也许越是看起来枯黄荒凉的地方，越可能积聚生命和思想的精华——是你长期以来的收获，闲置已久的财富，难道不需要一个闯入者把它们升腾起来吗？如此，枯黄的草应不亚于凡·高永恒的金黄，也与无穷碧的芳草没有区别。

自然界中生命长存，人的思想长存，提取同类项，似应不受自然法则约束。因而你不妨把喜鹊的叫声理解为胖女人的抱怨，把斑鸠的咕噜听成屈原的《天问》，把啄木鸟的啄击视为劝人向善的木鱼，麻雀似在远远的地方燃放鞭炮，只有那不知名鸟儿的歌声依然美妙。

说来说去，还是生命之树常青，思想之光永恒。看到听到容易，想到做到却很难。树是人们对生命的借喻，但有时是生命常青还是树常青却被我弄混。枯草中腾起的鸟儿，用你不经意的方式证明了生命和思想。枯草和鸟儿，一对生命的辩证，如闪电瞬间一现，却像太阳般永恒。

走出草丛，鞋子及裤管满是尘土，举目四顾，恍若隔世。

2009年11月

山花移园记

前年春天，我因公去太行山区。在盘山路上遥望群山苍茫，林木黄褐，难觅一丝青绿，路旁树木枝丫上的叶芽点点，山坡背阴处还有残雪，较之山下熏风杨柳，愈显清寒。

傍晚，山中斜阳余晖，薄雾初上，大有“山气日夕佳”的古风情趣。沿着山路信步，开始还算平缓，后来越来越陡峭，而且山风料峭，寒意十足。所幸不断健步攀登，身体开始发热。行至山腰，腿酸汗出，便歇坐在路旁岩石上，但见前山如虎踞熊蹲，幽暗高峻，回望来处，已没入暮霭之中。蓦地，似有清香暗袭，似香非香，好像春日雨后的甜润清风，放眼望去，岩缝中几株芳草扑入眼帘，它的叶椭圆，花嫩黄，颜色像村姑穿的朴素衣裳；它枝茎挺拔，骨格清奇，不让傲雪寒梅；它的形象雅致，像黄山迎客松侧倾东南——可能这个方向能常承沐阳光雨露，极是惹人爱怜。心想若把它移植花盆放到书桌上，就可以朝夕感触秀林山岚，实属赏心乐事。于是小心地去石掘土，并用手帕包裹好根部，称心而返。

二日后回城，取出所携带的芳草，见花叶已萎，枝茎尚青，便就近植入单位院中花坛，期盼它能重生。旬日后再看，初生新叶青翠欲滴，心中很是欣慰。有歌云："我从山中来，带着兰花草。"我所移栽者虽非馨兰，也应是仙雅之品。这之后，虽非"一日看三遍"，路过花坛时亦常探望，芳草似通人性，日见茁壮。便想着到秋冬时，形韵复初，便可移植欣赏。孰料，不久我即迁职他任，从此两地相隔，加之公务冗繁，便逐渐将这事淡忘，转眼寒暑交替一年有余。

去年夏，回原单位办事，忽然想起此事，便赶快去看。花坛一角已然绿兮兮一片，细看竟是当年所栽之草，其茎紫粗，叶浓绿肥厚，枝蔓扭结纵横，匍匐于地，反复拨视，才看见两三朵孱弱的白花。呜呼，时仅年余，瑶池仙品竟成了荒蒿野苋，如山中清纯少女嬗变为肆中臃肿妇人，殊不可与绿肥红瘦同日而语。诧异之间，花工走来："不知何时长出这种杂草，来势汹汹，压花欺木，正想把它铲掉。"我苦笑无语，暗忖自己做了移橘为枳的蠢事。

反思良久，可能因山中石多土少，天气寒凉而雨露稀少，所以这草茎坚而叶瘦，繁其花以引蜂蝶，所以形俊气馨，文人以为仙雅。我懵懵懂懂，以为这草的清隽芳雅可以天然永续，贸然携至厚土肥水艳阳之地，又缺乏竞争约束，以其旺盛之生命力，焉得不日夜疯长，横生枝蔓，是以芳草无辜，环境变化使然。俗话说一方水土养一方人，一方山水亦成就一方草木。心悦芳草，当赏其形姿，品其高雅，知其然而究其所以然，才能陶冶情操，才能得其神韵而修身养性而经世致用。爱美之道，就像爱莲者可远观而不可近亵，倘若认为据有实体即可得雅美之道，那么天下事就容易多了。有得必有失，这种辩证关系不难理解，想想古今贤哲哪个没有凌云之志而怀敬畏之心，举重若轻，重心得而轻攫取，持之以恒而终有成就。得一仙草灵芝而得道成仙只是神话。今天我移植花草事小，大家可不能以这种思维模式点评世间万物，效仿我的愚笨之举。然而草木无心，可以随遇而安听天由命，但人非草木，岂能有恃无恐，恣意横行，我等应以此为鉴，三思惕悟。

去年秋，再往花坛探视，此草已荡然无存。

诗曰：

踏春寒山行，幽径埋山中。人间芳菲尽，山岚仍峥嵘。
蓦闻清馨至，芳草入目明。根茎嵌巉岩，凌霜绽花容。
枝叶倾东南，形若黄山松。我谓清纯子，瑶台山中灵。
寂寞开无主，料峭向晚晴。未若置书斋，朝夕伴幽馨。
归迟花叶萎，花圃寄闲情。冀至秋冬日，相约共雅室。
但别有经年，再见绿茫茫。蛇虫匍匐蔓，叶肥花不黄。
乡村纯少女，放浪臃婆娘。终为刈之去，令我愧思量。
山深阳光少，土脊雨露稀。身困心竟奋，姿雅骨亦奇。

懵懵移花圃。饕餮享水肥。求橘得枳果，欲得实未得。
雅俗劳智慧，愚怜害将随。古有爱莲者，远观不近亵。
得道唯心悟，品赏岂在攫。以之度万物，恐妨终身事。
草木本无心，随遇而自安。君子慎修为，家国应万全。
汝果欲寻道，语出有孟贤。芳草原生处，刀斧霜气寒。
旦夕寂终日，一朝得自然。今为芳草诔，沧浪水涣涣。

2010年3月

鸟巢的天空

2008年的一天，我在鸟巢的看台向上望时，被景色震撼了：湛蓝湛蓝的天，还有洁白的云，云是片状的，描绘出高空中风的形象。蓝天又被拱顶围成椭圆形，自己可不就是鸟巢中的一只雏鸟吗？一时间心事苍茫连广宇，却又理不出个头绪，觉得头上的这片天空既简单明了又深邃奥妙，似乎在哪里见过，此起彼伏的声浪渐渐遁去，心却出奇地宁静。

自然的鸟巢大多挂在树上，里边的情形如何只有仰望和想象。是振翅欲飞的渴望，还是嗷嗷待哺的期待，历史的天空，现实的天空，思想的天空，永恒的是蓝天，变化的是风雨四季和沧海桑田。我感觉自己在提升，是与永恒的贴近和对万物的俯瞰。蓝天是心境的底色，是永远“人之初性本善”的童年，现在的蛰伏是旅人的疲惫迷途还是积累奋发前的寂静呢？古人说天是圆的地是方的，眼前的天空真是圆的。

我居住的城市距太行山仅二三十公里，小时候爬到房顶就能看见远方的山峦，现在哪怕在摩天大楼上都看不到郊外的绿树。“是不是走错路了！”那次一场大雨过后驱车去县城，刚出市区，年轻的司机大叫起来。远处的群山清晰可见，青青的岩石，绿绿的植被，山下城镇的白墙红瓦似触手可及，又恰恰被穹庐般的蓝天罩着，仿佛时光倒流回到童年，又似乎时空转换我们正驶向湘西凤凰城，这种景色80后的人见得不多。一阵说笑过后，司机感慨地说，没想到咱们这儿的景色也这么美。是的，这也是一种震撼，对我来说更像是一种回归，天蓝成了很久以前的样子。我们的心境确实需要这样的雨，但这里自然界的大雨并不多。

在距酒泉卫星发射中心不远的阿拉善，巴丹吉林沙漠边缘，那里的沙子有金子般的颜色，有丝绸般的质感，风可以做任何艺术大师的导师，把沙丘打扮得柔美婉约，天蓝汪汪的，与沙漠尽头相接。一个人坐在温软细腻的沙丘上凝视，感觉天空像恬静的大海，丝丝的云就像层层细浪，近得好像一跳就能扑入那纯净的怀抱。纤尘无染，任思绪驰骋，灵魂出窍，“悠然心会，妙处难与君说”，心中郁垒世俗妄念似已全部荡涤，真想融化在蓝天里。当地人说，只要没有风，这里的天地一直是这样，以前很少有人来。我想这是心灵的契约，天人合一的感觉。西方一位哲人说，沙漠是追求与神单独在一起的人要去的地方。神就是天吧。

在“日光之城”拉萨，布达拉宫好像永远把蓝天作为背景，在供奉历代达赖的大殿，借着酥油灯虔诚的光亮，读着异样的神明和每尊造像用去多少黄金宝石，神秘而庄严。穿过红宫的走廊，有一个很大的露台，在幽暗里待久了，倍感明亮。休息片刻，忽然感觉蓝天与内地甚至大西北的蓝天有些异样，凝视很久，一样空旷，一样深邃，却不能说一样湛蓝，那种蓝融进了某种元素，是紫色！在海拔近四千米的高原，离天更近了，正是那种古朴厚重的色彩，让你感到原始的力量，回头下望，入口处是一字长蛇不远千里前来拜谒的藏民。

回到广场，一个藏族男孩跑过来讨钱："一毛，一毛。"发音还不太纯正，六七岁，眼神蓝天般纯洁。我笑着递过去一张五毛的纸币，紫色的那种，而不是颜色土黄的一毛纸币。霎时，孩子的表情凝固了："骗人！"孩子愤怒地把钱扔在地上，转身跑了。我错愕良久，大概是孩子的妈妈没有教他认一毛以上的钱币。那晚，我忘记了朋友"初到西藏不要饮酒"的忠告，想着蓝紫的天和孩子纯洁的眼神，忘情地痛饮醇美的青稞酒，才发现我真的要窒息了。为什么蓝天总要在荒芜的、原始的、淳朴的山野之上？

春天，初生的树叶将冬天裸露的鸟巢渐渐遮隐，里边的新生命向上探视时也会像我一样看到鸟巢上方的天空。那天春雨过后，校园里的一群孩子在指指点点地仰望，有一只大鸟在天空翱翔。"是老鹰！是老鹰！不是风筝！"孩子们欢呼雀跃，小脸都笑成了一朵花。我欲乘风归去，短暂的美好会种下永恒的种子，这种天人的感应胜过枯燥的说教。我也在久久仰望，是鹰的天还是天的鹰，我心如风筝。

马克思写《资本论》的时候，伦敦是雾都，面对着冒着黑烟的蒸汽机烟囱，老天自然不会给好脸色。一百多年后，我到过东京和伦敦，也有过外国的月亮和中国的一样圆，但外国的天比中国蓝的感叹。可能是海风的缘故，那里的天一片净蓝，像经常漂洗的一袭蓝纱。眺望远方高楼林立的城市总有些恍惚，彬彬有礼的日本人眼神中不时飘出傲慢，他们似乎有理由这样做。在伦敦，一群年轻人冲我们喊“Japanese（日本人）”，很是刺激民族神经。但人家的烟囱黑烟早早弥漫，又早早消散，或许他们还有阳光下的罪恶，我却感到蓝天下的无奈。当然，还原蓝天需要一个过程，但处在这个过程中总觉得时间很漫长。

有时想，太平洋季风和西伯利亚气流像风尘仆仆的旅人歇脚驻足，抖却身上的尘土，挥去额头上的汗水，搞得这里灰蒙蒙的水旱不均。蓝天的资源稀缺，天空的亚健康似乎成了一种常态。最近媒体连续报道了多起校园惨案，花一样美丽的生命凋谢了，连同他们的梦想，还有富士康员工的十几连跳，让人联想到卓别林的《摩登时代》。或许我们现在的目的是为了还天空一个湛蓝，但更重要的是还原心境的蓝天。太行山的高峰上有一个人工辟出的观景台，据说天气好的时候可以看到省城。我去了两次，也都不是阴天，却只能隐隐看到小小县城。红尘滚滚，天地悠悠，真是“长安不见使人愁”。

神权的天是虚拟的天，自然的天是真实的天，这个星球上只有人有天的概念，自然的天其实很简单很空旷，但人们却把它搞得很复杂。心灵的天和自然的天一样，底色都是纯洁的蓝色，是光明的、善良的，只是很多时候人们把天的下方和头顶的上方变化着的东西与天混为一谈，才演绎出阴暗丑陋等诸多反面，以至于自己心力交瘁，找机会以旅游的方式逃向山野河川。

原始的天反映着必然，能让它较长时间蒙上灰尘的是人，是人们所谓的智慧和工具。人在拼命得到许多东西的时候，也是失去许多东西的时候。有得有失是正常的，但重得轻失或求得罔失像流感一样蔓延。更可悲的是，在思想和行为的盲区不乏洋洋自得的舞者。一位朋友新买了辆车，总是抱怨下雨，黄河水似的雨滴常常把车淋得像头土驴。我开玩笑说，这雨下的次数还是少。

从过去到现在，人们犯了很多错误，当然也纠正了很多错误，就像每个人都在努力抹去心头的阴影，比如在心头下一场酣畅的大雨，比如复制一片太平洋和戈壁高原的蓝天，让心鹰一般翱翔，这是从必然到自然的过程，也是我们常说的天意。只是我们不能仅满足于纠正错误，就像股指每爬到一个高点，要付出多少次跌到谷底的代价。古人讲以铜为镜可以正衣冠，以古为镜可以知兴替，以人为镜可以明得失；那么以天为镜，可以求正道证永恒吧。鸟巢上椭圆的天，正是一面镜子。

我想起来了，这圆的天是宇宙飞船上看地球的景色，从拜科努尔、卡纳维拉尔角，从酒泉飞起来的人们看到的，透过椭圆的鸟巢穹顶般的舷窗，那种蓝，还有鸟巢似的旋涡和山川般的云系，是我们生活的蔚蓝大地。我们生活在一直仰望着的神秘的蓝天，生活在自己真实的心里。或许对宇宙或内心的认知，我们确实还像鸟巢里的雏鸟，而穿越尘埃扶摇直上是年轻的梦。这不是概念的颠覆，而是一种真实和未来意义上的和谐。

2010年5月

荠荠菜的味道

荠菜，十字花科，叶子像蒲公英的一样散开，植株匍匐于地，只是在开花时，叶心才抽出根细细的茎，怯怯地开出米粒大小的白花，这些只有采摘时细心观察才能发现。人们习惯叫它荠荠菜。

阳春三月，是采荠荠菜的好时节。春风拂过，包括荠荠菜在内的百草争先恐后地舒展叶茎，绿汪汪地铺满田野。风和日丽的周末，不少人举家郊游，其中一项活动是采荠荠菜。风媒把荠菜种子撒向城市，但大家更愿意走向田野，毕竟在城市蜗居了一整个冬天的人们，感觉应和小草差不多。

"那鲜味，想着就流口水！"朋友这样向我推荐。"荠荠菜饺子、包子，荠荠菜猪肝汤，样样新鲜，绿色无公害。"在同学家吃过一次荠荠菜饺子，涩涩的味道与猪肉的香味融合在一起，较之于韭菜、大葱、海鲜的浓香重口味确是别具一格，特别是那青绿青绿的颜色，更会激发人们对蓝天白云、绿色无公害的想象。还有一次，冬天里一位做农业科研的朋友，说请我尝个鲜。朋友从冰箱里拿出个塑料袋，绿生生的野菜。“荠荠菜！不知道吧，它国庆节后只长一茬儿，开水过一下放到冰箱冷冻，过年吃贼新鲜！”佐以香油、香醋、香菜，着实让装满了大鱼大肉的肚腹舒坦。

我小时候也挖过野菜，春夏时节出去疯玩，顺便挖些回来，还有灰灰菜、扫帚苗、面条菜，让母亲烙野菜饼，缠着母亲一定要加鸡蛋，多放葱花、盐和大油（猪油）。母亲训斥：“你是吃野菜还是吃油饼！”有一次，我兴冲冲地拿饼子给父亲吃，谁知父亲推开了，淡淡地说：“我不吃。”全然没有平日的慈祥。为这事我委屈了好长时间，后来问了母亲才知道，在新中国成立前，我两个姑姑吃野菜得病死了。确实，那个年代没有雾霾，阳光灿烂空气好，但缺吃少穿，更没有肉。春天里还有个很煞风景的词——青黄不接。

时过境迁，见了鸡蛋大肉不要命的年代，让位于总想弄些青菜清理肠胃的时代，野菜从灰姑娘成了美公主，号令鸡鸭鱼肉为其服务。不过清水煮的吃一两顿可以，多了恐怕不成，要不然怎么有讲究营养的食材搭配要求呢？看过菜谱，辅料、佐料一大堆，感觉像《红楼梦》里“茄鲞”的味道了。

所谓三月茵陈四月蒿，过了季节，荠荠菜抽薹开花株萎叶枯，就成了柴火梗儿。大好春光辜负不得，令山珍海味退避的绿色食品不能错过。这不，朋友又送了些荠荠菜，新采的，碧绿生脆，养眼养心。我拿起一株放进嘴里，咀嚼着春天的味道：清爽中带点涩涩的草腥味儿，微苦。网上说这野菜富含维生素C、胡萝卜素等，不敢苟同“富”字，倒是中药典籍上说，荠菜有和脾、利水、止血、明目之功效。

荠菜能让人记住春天的感觉，品味春天的味道，还是一味上好的药。

2011年4月

旧书摊儿上的阅读

旧书摊儿的经营方式很原始，却是为了满足读书人的需求和癖好。

喜爱读书的人多半算是文化人，但总会有些毛病，即买书时大都吝啬，书是买不完的，钱很快就会花完。好读书的人多数不是大款，都经历过捉襟见肘的时期，就算现在增加收入，但内心深处对书的喜爱和书的价格攀升永远是一对欢喜冤家。

于是有了旧书市场，或者说是书的跳蚤市场。节假日或天气好的傍晚，路边的树荫下就会出现三三五五的书摊儿。大摊儿千把本，小摊儿百十本，散放一地，任人挑拣，不少书已蓬头垢面。不过读书人对书的外表不甚挑剔，主要看内容，我甚至觉得现在极精美的装帧是书价居高不下的原因。旧书有旧书的价值，尤其是人文艺术类书籍，好像永远不会过时。偶尔见过《高等数学》或《机械制图》的旧版本，但从未见人翻过。旧书摊儿中小人书很少，听说此类书已是收藏的对象；而且绝对不要有能淘到古籍善本的非分之想。不过，虽是占道经营，却未见城管驱逐，算是文化幸事。

驻足选书买书的人不多。爱读书的人必藏书，逛旧书摊儿不仅为拾遗补阙，更多的是愉悦心情，有意无意秀一把读书的清高。过去我主要读些文学史重点介绍的名著，所以漏读了不少书。比如只知道鬼谷子是苏秦、张仪的老师，《鬼谷子》却没读过。《徐霞客游记》只读过节选，未窥全豹。《挪威的森林》在年轻人中风靡一时，我也是在地摊儿上购得。还有《新旧约全书》，基督教的《圣经》，混在一大堆不起眼的书里。国人对基督教的认识有限，文化面前“书书平等”，都是地摊儿里的难兄难弟，所以扔在那里不能说是亵渎，我买回去擦拭干净也不算救赎。最有意思的是《论语批注》，封面上“论语”二字是黑字，“批注”二字是红字，作者是一群当年批林批孔的北大学生，“文革”时期的版本，里面对孔老二的批判程度直如把他打翻在地，再踏上一只脚，让他永世不得翻身。

说实话地摊儿上好书不少。马尔克斯的《百年孤独》、奥斯汀的《傲慢与偏见》、川端康成的《雪国》、黑格尔的《逻辑学》、精装的《毛泽东选集》，还有不少中国古代作家的作品，林林总总，让人心头氤氲着五彩灵光。这些书我都有，而且是在不同时期买的。那时候工资不高，但觅到喜欢的书并购之回家，实在是人生一大乐事。看着眼前这些书，心里一次次涌起购买的冲动，往事历历，感慨良多。在书籍匮乏的年代，人们如饥似渴地觅书读书，如今几乎所有的书都可以买到，面对如此丰富的文化盛宴，对书籍的需求却像减肥中的人们挑剔食物一样。

旧书摊儿的主人中不乏精明的生意人。他们从不像卖卤肉、卖瓜果一样的吆喝揽客，他们知道不喜欢读书的人任你怎么推荐他也不会买，驻足翻阅的人都是秀才，看中的书一定会带走。所以摊主们都是默然坐着，随你翻翻拣拣，不问价钱不说话。现在人们购物都习惯讨价还价，旧书摊儿好像是个例外，几乎是一口价，极少优惠。这些书都是书店报废的和从废品收购站论斤买回来的，再论册卖出去，单位利润率不低，但我知道买书人有限，小本经营赚不了什么钱。就像一个摊主说的，现在有本事的人谁还玩这个。可买归买，心里还是有些不舒服。

一天傍晚，公交站不远处有个小书摊儿，我下车后看了看，书很少，占地不足一平方米，且多是少儿读物，却只此一家，周围空荡荡的。摊主是位女士，瘦弱，也不年轻了。我心想，这一点书怎么赚钱？发现一本大点的书，李时珍的《本草纲目》，在摊中位置突出。这本书我没有，蹲下来翻了翻，印刷质量差，盗版的，要价15元，起身走时随手扔了回去。书很大，落地时啪的一声。身后传来了那女人的话："放书也不轻点儿。"声音不高，幽幽的，但听得真真切切。

顿悟，这句话就是一本书。

2012年8月

水房花世界

水房，就是办公楼的盥洗间，有两个水龙头和一处放杂物的平台，没了纱窗，窗户常年半开，冬凉夏暖。每天早上在哗哗水声的伴奏下，大家洗毛巾、涮拖把，把残茶、纸屑倒进垃圾桶，顺便把养蔫了的、看似不可救药的盆栽放到台子上，大慈大悲地任其自生自灭。

积聚的盆花渐渐多起来，品种也还不少：吊兰、文竹、榕树、朱顶红、一叶兰、茉莉、铁树……高高矮矮，密密匝匝地挤满了台面。它们一个个东倒西歪，茎枯叶黄，好像不是从优雅洁净的办公室退下的绅士，而是丢盔卸甲溃退的士兵。尤其是那棵铁树，粗壮树干上面的针叶都黄萎脱落了，像一个秃秃的大菠萝。

残花丛中也有我放的一盆吊兰，不管那些花儿曾经多么娇嫩、嫣然，一旦被送去水房，就等于判了死缓，进了冷宫。它们离开自然的故土，局促于方寸之间，原本是生命的拐点——大家并不会为难花儿，还会呵护有加——但结果似乎被无形的梦魇戕害，哀哀地吟唱着生命的挽歌。

它们在主人的记忆中消失了，人们每天在这里接水、洗涮、倒垃圾，都不会向那里瞥一眼，仿佛那个被遗忘的角落根本不存在，包括我自己，也忘却了那株吊兰曾忠实地陪我案牍劳形。

去年夏天的一个周末，我去办公室加班，听到水房中水响。一看，清运垃圾的老王在里边，正用自己的搪瓷茶缸给花儿浇水。“礼拜天您也不休息休息，浇它们还有用吗？”我问。“这大热天总不能把它们旱死吧，你看，都长出新叶子了。”老王一脸怜惜。果然，每株花儿都萌发了不少新叶，鹅黄嫩绿，清新可人。因为往年残花败叶的遮盖，不仔细看不会发现，何况我们从不留意于此呢。那株铁树已抽出五六条新枝，在阳光照射下金灿灿的，中间毛茸茸的嫩芽如婴儿握拳的小手，甚是可爱。花若有知，会不会喊老人一声“爷爷”？

渐渐地，水房充盈着盎然的绿意，连盆土表面都长满了绿莹莹的三叶草。它们手牵着手，枝叶交错，全然没有了在办公室的规矩和窘迫。文竹在榕树的间隙中透出娟秀的神韵，空气中飘着丝丝的茉莉花香，朱顶红的主茎上绽出花朵，百合、鹤望兰更像是昂首鸣叫的雄鸡，向人们宣示着什么。我的吊兰则向下伸出长长的枝茎，末端顶着一小丛与母株一样的茎叶，它寻觅着水气，只要有一抔黄土，就会再现一株曼妙的柔美植物。

大家在水房依然重复着相同的活计，不少人驻足惊诧："咦，这花儿都活过来了！""可不是嘛，比在我办公室长得还旺呢。"花儿无语，没有了人们自以为是的关怀，它们相互偎依在一起，怯怯地又坚强地撑起一片绿色天地。我动过把花儿领回去的念头，让鲜活的生命重新装点人为创造的枯燥。相信其他人也有过相同的心思，但大家都没有动那一片绿色，在看着或谈起花儿时都若有所思。或许眼前的勃勃生机说明了最简单的道理，自然，怎会按人的想法随便改变呢？

今年的冬天特别冷，春节值班我再次来到水房。空气清冷湿润，蔓生的枝叶或黄或枯，枝干光秃秃的，三叶草也一片枯黄，朱顶红、吊兰的茎叶被冻得软腐透明，惨不忍睹。一切似乎已回到当初的模样，事物经历着客观的轮回。只是那学名叫苏铁的生于南方的铁树，茎叶已墨绿坚硬，如岁寒老松，干燥的盆土中，它的球茎、叶心依然鹅黄翠绿。

这些年，人们只顾着向前走，在竞争中一切为我所用，忘了不该忘记的，错过了不该错过的，向往美好的自然，却与自然逆向而行，到头来就像掰玉米的熊瞎子。被唤醒的遗忘弥足珍贵，其实我们所拥有的、守望的也不过是一抔黄土，加一日三餐、阳光雨露和被理解扶持的自然环境，像这些盆栽一样，为这个世界增加一份绿色的芬芳。

2013年2月

高层景象

小时候想象，除了在洁白雍容的云彩上，高山之巅也可能是神仙的居所，因为居高临下看人间，应是神仙的专利。

长大后在飞机上，发现阴天在地面上看到的十分平整的云彩，在天上看却是波涛起伏，神仙藏身其中反倒不像。到庐山，云遮雾绕、松苍柏翠确实激起人想象，当车子在盘山路上千回百转来到山顶时，迎接你的是牯岭镇，人文氤氲，景色秀丽，这或许就是高层景象的最高境界吧。只是仙人已驾祥云去，此地空余仙人洞。含鄱口上看“茫茫九派流中国”，是一幅中国山水大写意，那种气势旷达深邃，猜想大人物在此都“壮怀激烈”，而我等普通游客多数都在忙着拍照。

在如斧劈刀削高耸入云的太行山上，有很多土肥泉美的台地，这里虽无神仙，却屋舍俨然，林秀果美，民风淳朴，是灵魂休整的桃花源。每逢闲暇，很多城里人到山上小住，我也是。只是那山确实很高，却看不到不算远的城市。

我生活的城市不大，记得小时候我和邻家孩子有场争论。父亲常去北京，说起过北京的高楼，如北京饭店；邻家孩子的大姐夫在广州当兵，估计也没少向他显摆。于是我们就争论起北京、广州哪里的楼高，结果谁也没有说服对方，但我们都认为楼多楼高的城市，才是大城市，要知道当时市里最高建筑如百货大楼、地委大楼，才三层半，爬上自家屋顶即可见几十里外的青山。邻家孩子发誓，长大一定盖好多高楼。我也问过父亲，为什么咱们这里不像北京、广州一样盖大高楼呢？父亲说咱们这儿基础不行。我当时理解的“基础”就是地基，因为“文革”时，备战备荒为人民，学校叫同学们挖防空洞，才挖一米深，水就出来了，防空洞成了小河沟，证实这样的“基础”确实不能盖大高楼。现在挖个三五米深，下面的土都不太湿。

邻家孩子现在真成了房地产公司的高管，整天领着人拆旧房盖新楼。这些年高层建筑如雨后春笋，写字楼、住宅楼、住院楼、教学楼等四处崛起。尤其人民公园周边，楼价最高，我想视野风景应是重要因素。那天他领我到高层写字楼顶层看风景：儿时草木葱茏的公园尽收眼底，人在动，船在行，风吹树摇，亭台楼阁错落其间，沙盘盆景般漂亮。“再用这个看看。”老邻居微笑着递给我一个望远镜。广角变特写：湖心亭的红油漆有些斑驳，老人太极拳的一招一式十分正宗，夫妻带着孩子散步，孩子在前面跑，两口子在后争论着什么。随着镜头的移动，在四周空旷无人的树下，一对恋人在镜头里卿卿我我……我长吁一声，幸亏自己多年没来公园，否则我身上会像过敏者沾上春天的花粉一样。“有意思吧。”这家伙显然已习以为常。如果真有神仙，他们也会这样窥视吗？我想他们的法眼肯定比望远镜厉害。

新建的市府大楼是标志性建筑，十几层的大高楼，四大班子尽纳其中。该区域是整体规划，两侧有裙楼，与主楼风格色彩协调，主次分明。正门南区有广场，接着是博物馆，设计新颖，现代风格融合传统理念，显出高低搭配，阴阳和谐。北门临大道，路对面新建了公园。公园不大，却修得有山有水，十分精巧：草坪花坛，石雕铜像，山亭水榭，曲径通幽，确实是中西元素俱备的佳构。公园后面，已有正在施工的高层住宅。大楼顶层的南面北面我都去过，目之所及，如上文所述。再往远望，数公里以外的人间均被厚厚的、青灰的云雾遮着，无论晴天阴天，时浓时淡，漫无边际。尤其在气压低、无风的时候最为严重，我有时甚至怀疑这“妖雾”里藏有牛鬼蛇神。

“这里的视野并不好。”我对朋友说。“没办法，现在大气污染得厉害。”“久居其中影响心情，可不是‘烟波江上使人愁’吗？”我说。“也有好的时候，比如绵绵秋雨或夏天大雨过后，天朗气清，真可以南眺黄河，北望太行！”“真是青天难得啊。”我调侃。

年轻时看过一部南斯拉夫影片，《瓦尔特保卫萨拉热窝》。那时不习惯外国译音，戏称为“瓦尔特保卫热被窝”，说的是二战期间游击队员成功挫败敌人阴谋的故事。故事结束时，胜利的游击队员站在山上，对面山下展现出萨拉热窝城市全景，难忘的画面出现了：蓝天白云下教堂的塔尖，石砌的古堡及广场，更多的是一片片居民的平房小楼，它们白墙红顶，在绿树掩映下如漫山遍野的山花，红得那么热情、那么温馨、那么经典，这样美丽的家园（或者热被窝），值得用生命保卫。如今走在宽阔的街道上，望着林立的楼群，我感到时代发展的铿锵脚步，新建楼房无论多高，楼顶都有装饰，或高脊彩瓦，或几何艺术造型。当然，这只是仰望，真希望本市有座“东方明珠”，会当凌绝顶，一览群楼小。

当年告诉我本市“基础”不好的父亲，现已是新崛起的医院住院大楼的常客。以往住院均是在大楼南面，临着大街，街区较为繁华，还有好几处高层建筑工地。这次因为床位紧张，住到了大楼北侧的病房。安顿好父亲，我习惯性到窗前眺望，却被眼前的景色吓了一跳：一片由多层住宅楼组成的楼顶，灰暗、单调、凌乱。这不是贫民区，而是包括医院在内的若干市直单位的家属区，清一色四层或六层火柴盒似的楼房，我曾在此区居住。这是我曾经引以为豪的社区吗？它的顶部到处是裸露的油毡沙石，后补的隔热层已有多处塌陷，太阳能热水器随意安放，加上废弃的卫生用具和私搭的小窝棚，简直是戈壁荒原，只有楼与楼之间挣扎出几棵杨树，透出些许绿意。真是“城上高楼接大荒”，尽管我知道这个“荒”原意是沧桑而不是荒凉，也不知柳宗元同志若在此会作何感想。

接下来几天，我有暇对“荒原”进行认真观察，像撒哈拉沙漠，虽荒凉但绝不是没有生命：早上放飞鸽子是一景，每天鸽群迎着太阳盘旋，令人心情愉快，充满希望；有的人像是维修工，工作对象应是防渗层、隔热层或热水器；还有一个遮阳棚，材料是黑色塑料的网状编织物，棚子下面有些花草，数量虽不多，但那花儿却红得刺眼，竟不知是何品种。在无人的时候，会落下成群的麻雀，不到两分钟又轰然而起，大概是无食可觅吧。

夜晚这地方也不安静，当然看不到人影，一片黑暗中，会有几只手电筒闪亮，或停或移。近处，仔细看有时还能辨出红红的烟头，或明或暗，神秘兮兮的，不知是哪路神仙。好几次想借那位仁兄的望远镜使使，却总是忘。

那日，路上碰到一位在区政府工作的朋友，寒暄后我问他最近在忙什么。“这不，咱市创建国家级卫生城市，分片包干，全天监管，累死了。”“怎么监管？”我问。“包几条街区的卫生，经营场所卫生要达标，围墙树干要粉刷，街道家属区不能有苍蝇、老鼠和烟头、纸屑、杂草。”朋友如数家珍。“楼顶谁管？”我也不知道怎么冒出这句话。“什么楼顶？”朋友大惑不解。“就是铺着隔热层安太阳能的楼顶。”朋友看了我半天，才说：“老兄，你开、开什么玩笑。”

2010年9月

文物的乡情

宏大的发掘现场，深深的墓穴地宫，神秘的盗洞，演绎着惊喜和遗憾，让人浮想联翩。仿佛与内心存在着某种神秘的联系，追思如无形之手攫获心灵，期待如命运之咒魂牵梦绕，一尊陶俑、半壁残画皆如己所出，如我所做，开启的古墓，是开启的记忆之城、思想之门……

徜徉在博物馆，从满是绿锈的铜鼎到色彩斑驳的古玉，从古香古色的明清家具到精致美观的陶瓷器皿，无一不透出历史的悠远厚重，书画作品也满是暗黄的岁月印记，这是一种见证，是时空的定格，文明的传承与休止。渐渐地，精心陈列的文物模糊了，化为一片消逝的天空以及天空下的大地、城镇和乡村，文物可以穿越时空，但当时的背景，这些文物所依存的社会似已湮灭于岁月深处。

“昔人已乘黄鹤去，此地空余黄鹤楼。”我们有理由这样说，比如城市，除有意保留的个别盆景似的古城外，过去的州府哪一个不是高楼林立车水马龙，身居九重的皇帝也想不到会有中央空调和电脑网络。城市，以其专业分工和高度的组织化、集约化成为现代社会的火车头，城市人的思维方式和生活方式随着城市的运转和发展有了显著标记，比如良好的教育和行为举止的规范，较多的钞票、丰富的衣食住行和交流交际，但也有意识和生活的泡沫：傲慢与偏见，吝啬与奢侈。在中国，身为城市尤其是大都会居民，很有身份的优越感。

城市化进程使城市人口身份日趋复杂，大量乡村人口进入城市。很多人事业有成融入城市生活，他们兼有双重的认识特征：一方面坚定地遵循城市和职场规则，甚至比原住市民更加努力地寻求自身发展，不再像老一代革命者试图以自己的理念改造城市；另一方面拥有根深蒂固的乡村情结，对城市的泡沫习俗十分厌恶。

我有个同事老家在山区，每年秋收都要请假回家，干的是同一种活——掰老玉米，说是从十六七岁到现在快三十年了。我说，不能不回吗？比如捎些钱回去。你不知道，当然要回去。他说，眼神里有些许执着、些许无奈。回去天天收玉米？我说。现在农活儿少了，主要是看爹娘，走走街坊喝喝小酒，当然也落几天清闲。把爹娘接过来吧。我说。接来一次，只住了三天。同事燃起一支烟，眼神投向远方。

我属于城市二代，缺乏萦萦于怀的故乡情结。走在少年时的小路上，看落日余晖，和当年的伙伴们胡吹海聊，回忆童真与顽皮，回忆当年在河边、小树林、麦场的约会，回忆昏暗灯光下的发奋苦读，回忆拜访亲戚长辈，在有浓浓烟草味的房间谈世事沧桑及家族成员的喜怒哀乐。当然，还有千古不变的庄稼收成和柴米油盐，一草一木总关情。我想这应是“你不知道”的乡情内容。现在交通发达，很少再有“少小离家老大回”的遗憾，把以上场景进行艺术概括，应是朴实凝练的古风遗韵。作品保留在他们心里，木雕石刻般镌刻在记忆深处，城市的喧嚣浮华可以将其尘封，却不能将其抹去，或许他们中很多人已不适应甚至厌恶当年的生活，并且回乡后会有很多世俗琐事，如亲戚街坊提出的各种请求，但仍有某种力量推动他们不由自主或义无反顾地回到故乡，像东非草原某种动物年复一年的迁徙，无论前方有多少艰难险阻。

哥哥在1990年举家迁往国外，他与我谈起很多华侨总念叨要回国、回家看看，回来后却对家乡的生活环境和家乡人的思维、行为方式颇有微词，故难以久留。他说华侨中流传一句笑话：治思乡病的最好办法是让他回国看看。但不久思乡病又犯了，仍是念叨回乡，尽管他们知道有诸多的反感和不适，包括被称为“香蕉人”的华裔二代、三代。

家父患脑血管病多年，已认不清儿女，但失忆失语的父亲听说老家来人了，眼神就会异常明亮，笑容也十分灿烂，家乡人问候他时，他老泪纵横。眼神那么年轻又那么沧桑，情感那么深沉又那么天真，感觉是穿越时空的神性回归，我想这就是魂之所系吧。是的，乡情有美玉之温婉润泽，青花之优雅淡远，鼎簋之神秘虔诚，书法之遒劲飘逸，如传家宝供之于心中神龛。这情结不就是价值连城的文物吗？如果从精神层面来说，它是众多外在物化行为的内核，无论家乡如何变迁，由古至今乡情不变。

话说回来，乡情是乡情，乡村是乡村。乡村的落后是客观现实，在城市化大趋势前步履蹒跚，乌龟般落后于时代，是美国的亿万富翁与领救济的无家可归者贫富差距大，还是中国的亿万富翁与吃饭饮水都成问题的山民的贫富差距大，这恐怕不是绝对数的问题，而是城乡二元结构的问题。二元的生存方式，有二元的认识模式，乡村是硬件，是经济基础，由与之相对的民风民俗运作治理。有些地方现在与千百年前的物质文化生活区别不大，似乎还是无为而治、儒家伦理和某些现代因素的混合体，教育水平、文化素养所显示的文明程度并不会因物质条件快速提高而同步提高，因而农民的思维模式和行为方式在另一个环境中显得格格不入，或者说低俗浅薄。三口之家的饭还不够一个农村亲戚吃，虽能理解，但主妇勉强堆起来的笑容却遮不住内心的郁闷。

我在悉尼歌剧院看歌剧时，想开演前四处走走。无意间走向另一个厅堂，里边似乎在开酒会，有金发碧眼的白人，也有黄面孔黑头发的亚裔。男士西装革履，燕尾翘翘，女士衣着华丽，低胸袒背，钢琴曲舒缓悠扬。侍者彬彬有礼，叽里呱啦地指着我来的方向，大概是说看歌剧去那边，眼中透出的鄙夷让机械的微笑扭曲变形。有些地方不能随便散步，这副面孔让我印象深刻——我好像见过或者也展现过，是向着问路的农村老者，还是向农村亲戚解释某件物品的功用？现在只不过是挂在洋人的脸上，我当时像是贸然走进城里亲戚家女儿闺房的乡村来客。

千年岁月，古老的乡村经典般的时光是晶莹纯洁的乡情，它是一个反物质的内核，外面无论是锃亮华丽的包装还是风化沉淀的垢痂，它都会激射出耀眼的光芒。当然，这种光芒在乡村是内敛的，乡里乡亲日常交往像鸡鸣犬吠一样寻常，发生和湮没在每天的日出日落。而那些去家离国，经历了刻骨铭心的成长历程的群体，在另一个环境脱胎换骨，或者说在新的高度和角度进行回味咀嚼，加之距离和时间的阻隔，乡情就会像原子核发生裂变。一种原始的不可驾驭的情感总是紧紧抓住内心深处神性美好的东西，试图让这些渐渐模糊的东西明朗起来，澎湃起来。

我们不能怀疑乡情，尽管有的人表现方式有些做作和浅薄，官窑民窑瓷器有艺术和价位区别，但青花只能代表一种文化，你也许不能天天用明清官窑吃饭喝茶，却可以把秦砖汉瓦置于多宝格欣赏把玩。

人们对文物的追捧，更像是智慧生灵追求美好和永恒实质的世俗变异。其实，乡情也是人类思亲念旧天性的一种表现形式，各类同学会、同乡会等，都是对天性的张扬和阐释。但乡情跨越两种社会生存形态，人文环境落差大，个性色彩浓重，又兼具一般思辨的要素，超越了“无语独上西楼”的情感氛围，有了“一江春水向东流”的哲学境界，因而它不是文物界的仿古作旧，而是真实意义上神明灵性的蕴集。高明的鉴赏家一眼就能看穿赝品的包浆，并对真品的包浆津津乐道，仿佛岁月积淀起来的、灰暗的、凸凹不平的包浆完美到无可替代。乡村乡民的表象是蒙在乡情上的包浆，时间愈久包浆就愈厚，也更具社会文化价值。

对于失去和逝去的事物，我们每个人都是收藏家，走在思念和回家的路上，并努力成为这种情愫文物的一部分。

2010年3月

辑二　我们这些蜜糖罐里长大的

粥道

汤汤水水在国人饮食中占有重要位置。它们以流质的形式囊括所有主副食材，味道鲜美，营养丰富；又能疗病养生，老少咸宜，深得中国文化精髓，古往今来，传承创新，花样百出。汉字中羹、汤、粥等说的都是这些宝贝。

虽都是流食，在过去羹、汤、粥含义还是有所区别的，造字构成就能体现。羹，上羔下美，鲜嫩羔羊肉做的汤，以荤腥食材为主料，牛、羊、猪、鸡、鹿、鱼熬煮的汤水一般都称作羹；汤，左水右易，原意是热水，开水一样咕嘟着泡的温泉叫汤泉，来客了，奉上一杯热茶叫茶汤。作今天意义上的汤讲时古代常与羹连用，因为做羹水必须滚烫，是菜肉混合煮制。唐朝新媳妇“三日入厨下，洗手作羹汤”，新媳妇给婆婆做的第一顿饭是羹汤，而不是米饭、面条。粥，左右双弓，中间是米，应该是以谷物为主熬的素汤。粥古同鬻，卖的意思，看来“粥”生来身份不高，如果羹汤是小康，粥就是温饱。旧时候有粥棚，是没有围墙几根柱子支起来的茅棚，布衣百姓站着坐着喝粥果腹的地方——如果粥很高档，应叫“粥楼”或“粥馆”。古代灾荒年，官家设粥场，救灾民的命，当然，粥多为水清如镜的粥，贪官污吏会贪污赈灾粮，要是都能食西晋皇帝推荐的“肉糜”，就不会饿殍遍野了。还有一点，粥是可以将养婴孩的，小时候听说某某是奶奶用米粥养大的，前提不外是母殁家穷，大人吃糠咽菜，把仅有的一点米熬粥哺育下一代。我想若喂参汤、燕窝、肉羹恐怕不成，孩子不消化还会上火流鼻血，但如果吃得起参汤，也会有母乳、奶妈，买得起奶粉、炼乳了。有趣的是，当今特级奶粉铺天盖地，几乎没有人买不起奶粉，却把不少孩子养成大头娃娃或者养死了，真是盛世奶粉乱世粥，还是让低贱的米粥勉力担当起最神圣的使命，说粥为布衣百姓之养母不为过吧？

国人好粥，与中医中药紧密相连。植物之根茎叶果、动物之尸骨皮肤，百草木叶，神医妙方，都要在汤水中煎熬煮泡，喝下去才能治病。煎药与熬粥方式相似，一个治病，一个养命，在潜意识中是相通的。大家在进羹、喝汤、吃粥时自然会感到既亲切又神秘，还会展开想象，籽实鱼兽之精华都融汇在汤粥中了，对五脏六腑精气神焉能无益？于是有了高汤补粥，有些是对症下药慢工出细活，有些则是口感上的需要。不管怎样，都是百物熬煮出的浓汁，黏糊糊的宝贝，味道甘醇，吃啥补啥，且经文火熬煮，若奇珍药石过了炼丹炉一般，喝了它自然养生延寿。过去达官贵人不在乎大鱼大肉，却专注于羹汤，把奇珍异物如燕窝鱼翅统统以羹、汤、粥的形式表现出来。梭罗说，当我们为身体提供食品的时候，也应该给想象力提供食品；想象力和食品都应该坐在同一张桌子旁……想象力不会与肉和脂肪妥协。原意应是说物质与精神的关系，人吃饭是为了思想和行动，不能为吃而吃。而当今很有一部分人，吃饱了想吃好，吃好了想吃巧，吃巧了想神药。珍馐佳肴养肥的大脑，激发出无限的想象力，食品药材的功效被无限夸大，背离了中庸之道和应遵循的自然法则，靠主观臆测，想为所欲为终于不如不为。当年秦始皇献给神仙童男童女，汉武帝铸造高二十丈铜承露盘，不死药和长寿甘露也不过是传说。曾经有“高人”说绿豆能包治百病，还有“大师”手比画两下“发功”，癌症就神奇消失，竟也有不少人趋之若鹜。现代营养学证明，肉、菌、豆等食材富含谷氨酸和核苷酸，在炖煮过程中这些成分融入汤汁，产生浓郁的香味，但营养价值不高，与味精中的谷氨酸一样，蛋白质、碳水化合物、脂肪、矿物质仍留存于固体食材。况且羹汤中除了某些化学成分如人参皂苷等会发挥药用外，再高档的食材，统统都会变为氨基酸、蛋白质，与普通肉蛋没什么区别，如果有，那就是海鲜嘌呤含量高，吃多了易痛风。古往今来这些荒唐的延续，恐怕还是因人的欲望膨胀，极度自私，思维变得虚幻怪诞，想象力成了肉和脂肪的奴隶。

其实粥这个称谓，在南方用得多些，北方称汤或稀饭，小米粥叫小米稀饭，玉米粥叫糊涂，小麦面粉打的粥叫甜汤。讲究点的一定要把稠稠的面汁打出面筋来，去掉些淀粉汁，倒进开水锅中搅拌，面筋便成一个个大小不一的颗粒，筋道，口感好，也叫疙瘩汤。至于羹，小时候没听说过，字也是上大学才认识。就粥来说，粥有粗细荤素，也有稀稠（旧称厚薄），粗就是粗粮粥，玉米、高粱、小米、薯干、麦麸、米糠熬的粥。细就是细粮粥，大米、白面、花生、红枣熬的粥，粗粮细粮下多了是稠粥，反之是稀粥。同理，加些菜是菜粥，加些高汤肉末是肉粥。小时候，甜汤通常是老弱病人的专利，可以打个鸡蛋以为滋补。稀粥是撑大肚的，也叫水饱，听父母说有过粮不够瓜菜代的年代，瓜菜就是野菜，能吃到含有部分粮食、稀得照见人影的粥是奢侈的。当然，粥也不是稠厚了就好。儿时跟父母回老家，山西晋城，见老家人吃叫“娇俏米”（方音，与现在山西面食的“荞筱面”发音相近，字面很美）的粥，即把玉米、小米、高粱、豆子等混在一起煮成的稠粥，盛一大海碗，上面加一小撮青菜、咸菜，就是一顿饭。试着吃吃，粗粝寡淡，难以下咽，实无“娇俏”，直如东施、无盐。父亲说，吃这样一碗饭，能让人在煤窑上挖半天煤。我问父亲，为什么不吃馍？父亲说麦子种的少，产量低，馒头过年才吃。那咱家的蛋糕、桃酥叫啥？我问。叫糖果。父亲说。这糖果可不是让吃的，一包桃酥送来送去，要走几年的亲戚。父亲又说。时过境迁，前些年回老家祭祖，很想再尝尝那粗厚娇俏的粥，现在应该叫特色养生粥了吧？当年吃粥的表叔却摆了一桌酒宴。

这些被称为稀饭、汤的，是北方特别是中原地区民间早晚必备之食，只是这些年生活条件好了，才文绉绉地叫起粥来。而且我对它们没什么好印象，从记事开始，每天重复着早上稀饭花卷、晚上糊涂窝头的“优良传统”，周末和节假日才会改善生活。早上起来或放学回家，看到玉米等粗粮粥，盛半碗敷衍了事，至于会不会提前空腹打鼓就不管了。而对大米、江米之类细粮粥，则拣稠的捞，满碗还回碗，大人们吃时锅往往快见底了。记得有次晚饭，大米粥加红枣花生，哥姐几个激动得把粥当捞面条盛，只给母亲剩下些“汤”。自那以后，几乎每次做好饭，母亲都会亲自给我们兄妹盛好粥，每人一满碗，无论粗细厚薄必须吃完。偶然粥中有红枣或椰枣时，每人两颗，人人均等。没有了大快朵颐的机会，心中懊恼怨愤，却没有反对的理由。尽管不乐意，早上灌下一满碗粗厚的粥，半晌却不那么饿了。一年一次的腊八节是盛大的节日，好吃的东西多，敞开供应，只是这时的粥，既细又稠，盛两勺子碗就满了。

近年养生盛行，羹、汤、粥的地位攀升。别的不行，从小耳濡目染自认熬粥还有两把刷子，而且观念更新，用“脑子”吃粥，儿时厌恶的小米、玉米、豆子等因身体需要增加膳食纤维、维生素、微量元素等变为必需品。晚上下班亲自下厨，并按道听途说的理论给食材分类，什么是凉性的，什么是温性的或热性的，自行组合，半小时搞定，自鸣得意称为“三黄饮”“五粮粥”“六合汤”等。吃粥时更是浮想联翩，小米的维生素、豆子的氨基酸，红枣的有机酸、花生的不饱和脂肪酸、糯米柔稠滑润的支链淀粉等，这么多好东西都在滋补自己的五脏六腑，心里舒爽无比。费了好长时间凑齐了参茸虫草，加了红米、白果、绿豆、桂圆、百合、核桃，道士炼丹般精心炮制成粥，自号“九珍补羹”，这是我最大的杰作。如此这般地服下，期待龙马精神，身轻如燕，第二天却起了一嘴泡。小时候学美术，老师说红黄蓝三原色可以调成各种颜色。我就想，把所有美好的颜色全部调和在一起不是会成更美的颜色吗？于是便把十二种水彩全部调和在一起，结果调成的颜色黑不拉唧灰不溜秋，实在让人反胃。年逾知天命，却做出这般幼稚的事，可不是大愚若智、庸人自扰吗？

这些天接妈过来住，妈还是老习惯，花一个小时熬粥，然后先给我盛上一碗。粥还是大米、小米、玉米、豆子、花生组成的杂粮粥，变化是枣儿从两枚成了三枚。现在当然不会气恼，早也理解了她的良苦用心，心像粥一样温润热乎。与妈说起“九珍补羹”时，妈笑了：“喝稀饭就是图个舒服易消化，有劲干活、长身体还要靠米面肉菜，你说的东西过去听说地主老财吃过，也没见谁成仙，我没做过也不会做这粥。”

中国的粥很普通又很神秘，母亲熬的粥很有滋味。

2014年2月

父亲的“空城”

“上班了？”早上我走进单位大门，同事问。“下班了。哦，上班！”我下意识地回答。

父亲病危住院一周多了，脑病后遗症，失语失忆。可能医院怕担责任，这几年父亲每次住院我都要在病危通知书上签字，后来又都出院了。这次也不例外。

像往常一样，母亲千叮咛万嘱咐后回家了。我从记事到父亲发病，几乎未和父亲独处过，因为父亲总是很忙，回家话语很少。大概是遗传，我从小内向，想向父亲说的话很多，却讷于表达，只有心灵倾诉。夜深了，父亲脸庞红润却表情呆滞，眼神直直向上，指头机械地敲击着床沿，很像美国人受作弄后幽默的自嘲动作，而医生说这是“神经病理性震颤”。

父亲在想什么？他一定有意识，老家来人他会流泪，家人说当年的趣事他会笑，母亲吵他不好好吃饭他会发脾气，保姆向他道别，他张着嘴“啊啊”地十分激动。此刻，走廊和病房的灯都熄了，白天热闹的病区寂然无声。街上的霓虹灯光折射在银幕般的天花板上，变换着梦幻般的色彩。父亲的意识流如何奔腾呢？我似乎听到阵阵涛声，和我记忆中的呼唤连成一片。

作家史铁生先生曾写道：梦是什么？回忆，是怎么一回事？

半梦半醒间，我满脑子都是父亲的影子，儿时的、青年的，为人夫、为人父、为人祖的。现在的父亲如一颗迟暮的红矮星，努力膨胀着自己，挣扎着维持光和热，回忆当年的流光溢彩。

“我小时候，一晚上跑五十里山路去看戏！”我记事时正是样板戏的年代，我觉得戏曲咿咿呀呀的节奏太慢不愿看时，父亲总是这样说。戏是精彩的，因为在父亲儿时，戏是唯一的传统正规的娱乐，所以戏的精彩永恒。后来看电视只要有戏，评书、音乐故事、电视剧都要让路，更别说外国的东西了。父亲爱听戏，很享受地仰着头，眯着眼，指头有节奏地敲击，像现在看着天花板敲着床沿一样。

后来我回老家，从县城走到山村，山路不超过十里，但走得满头大汗。人们都喜欢夸张自己的得意之作，儿时的路漫长，人生却很短暂，也许人一生的长途跋涉是为看一场自认为精彩的戏？“看的什么戏？”我问。“《空城计》！”父亲自豪地说。说实话我当时真不认为空城里有什么戏。我想人最后看到的都是空城，“城上高楼接大荒”，像诸葛亮一样，在空城看城外风景，回忆来时的路，精彩的戏已在人生崎岖的山路上演过了。人们总是认为前方有精彩的戏，疲于奔命，而忘记自己演员的身份。

父亲睡着了，是在做梦？在回忆？还是合二为一，听着叹息般的呼吸——呼吸还是叹息，是生命的呓语吧，为我提前演示生命的闭幕式。

“如果没有你爷爷那事，我早就出国工作了。”这也是父亲经常向我们夸耀的。父亲十七岁参加工作，1955年也就二十多岁，说是推荐他去使馆工作，政审不过关。问题在爷爷身上。本来爷爷参加了革命，但他不久退职回炉当农民，谁知在“运动”中被视为历史问题而颇受牢狱之苦，为此，一个伯伯、两个姑姑被饿死的贫穷家庭却被定为中农，连我们兄妹在学校入团、入党都被延滞，此事的影响可想而知。有段时间父亲经常晚上写东西，“这次再不过关，明天戴高帽游街。”父亲晃着好几张稿纸笑着对母亲说。“戴高帽”是批斗“走资派”的最高形式，在母亲单位我们还向“走资派”扔过破鞋和菜叶。父亲也是“走资派”？我听到母亲的啜泣。那时家住一间平房。只是第二天我上学了，家里也没再提这事，父亲也继续在这个单位一直干到离休。但从那以后我对“文革”中的活动感到恐惧。

“咳……咳……”父亲在咳嗽。母亲告诉过我，这是父亲要方便了，看了看，却没有。父亲醒了，见我在跟前，嘴张了几下，却始终没发出声音。父亲的躯体好像被固定在床上和轮椅上，胳膊腿会动，却无法移动身体；眼睛亮亮的，感觉与他年轻时并无区别。

小时候最高兴的是被父亲的自行车驮着到他单位玩，那是个花园式的庭院。“文革”前父亲的办公室很大，像我们的教室，后来成了一间，寝办合一。但并不妨碍小孩有许多好吃的好玩的，如糖果、皮球、花花绿绿的烟标，运气好了还有毛儿八分的零钱。有天晚上我发现父亲推着自行车要出去，母亲跟着，说要到父亲的办公室。出于孩子对父母依赖的本能和巨大的物质诱惑，我哭着喊着也要去。父亲说车带不动，我说我坐前边车梁上——当时大家经常这样出行。最后父亲用五毛钱的巨款将我留了下来。父母踌躇无奈手足无措的表情让我印象深刻，真的不理解，我去多吃几块糖果也不值几个钱啊。那晚，我觉得床很宽敞，房间城堡般空旷。见过爸妈吵架，主要是妈妈唠叨，都是些柴米油盐和爸妈老家的事情。现在父亲三分之二以上的时间在睡梦中，梦中有什么呢？

我小时候常受欺负，且不愿跟别人说，有时被哥哥碰到，他会帮我出气，却又要受哥哥的奚落，所以我宁愿自己一个人玩。跳棋的彩色玻璃球，我们叫它“弹球”，同学们把它向墙上撞，根据球反弹出的距离远近，先后用手指将球击向别人的球，击中了，另一个球就归你。我不玩这个，一是自己拥有的弹球很少，二是对自己没信心，尽管他们的技巧并不比我好。我爱玩的很简单：顺路把球弹出，飞快地跑过去把球再捡回来。那天放学回家的路上，欢快滚动的弹球突然不见，掉进了下水道，我想也没想就搬开盖板，伸胳膊就掏。记得那是冬天，穿着新棉袄，手臂在刺骨的臭水中捞了半天，弹球没找到，袄袖全湿了。沮丧地回到家，不知是心疼儿子还是心疼棉袄，母亲劈头盖脸训斥着，我闷着头，只心疼那颗漂亮的弹球。父亲问清情况后复杂的表情缓和下来，说："把衣袖弄脏不对，但平儿很勇敢！"和平时表扬不同，"勇敢"二字深深震撼了我。我能勇敢，我会勇敢，我理解了什么是勇敢，我是一个勇敢的人！若干年后我读一个教育学家的文章，说见过一个母亲训斥把钟表拆散的儿子，他告诉年轻的母亲，也许您已扼杀了一位伟大的科学家。《史记》上讲，项羽儿时学书、学剑皆不成，长辈批评他，他却说"不足学"，长辈问他想学什么，项羽说要学"万人敌"。父亲只上了三年私塾，"三字经""百家姓"和儒家经典背诵得很熟，但肯定没学过《教育学》，这是本能和经验，如没学过《军事学》也能打胜仗的将军。一个"勇敢"，似用"万人敌"的精神武装了内向的孩子。当然这种鼓励在我身上不会演变为争强好斗，但做事为人的信心和坚守得到质的升华，让我受益至今。那次又受到欺负，虽受了些皮肉之苦，但我始终站着，用愤怒的眼睛瞪着那个痞子，直到他悻悻离去。

父亲又睡着了。我也躺到旁边的病床上，但毫无睡意。

每隔一小时，钟楼的钟声就会响起，白天忙碌的人们谁也不会在意。夜深人静，钟声传得很远，生命就在这样的点点滴滴中消逝。有个同事对我说，咱们的父辈真是可惜了，孩子多钱少，只会拼命工作，没什么娱乐方式。这不是古代皇帝没见过手机的问题，相信父辈们内心也希望轻松娱乐，但他们不敢，心中的信仰和严峻的环境几乎彻底埋葬了这些“私心”。某种社会政治制度或朝代在建立之初都是积极向上的，就像父亲曾经青春健康有力的身体。而我现在似乎已处在亚健康的状态，虽然在努力做些什么，却感觉机能仍在衰退，且不完全在身体上。

旁边的病床住的也是和父亲同时代的老干部，认识父亲，可惜父亲已不认识人家。老先生身体好，只是白天做些康复性的治疗。聊天时他说，你爸爸真是好人，但认死理，管计划内的物资时，我去都不给，必须地委书记签字。我又找了你爸爸单位的另一位领导，你猜猜怎么样，给的比我要的还多。所以呀，啥事都要想得开，哈哈……那笑声依然职业练达。参加工作后，同学熟人也托我向父亲要过计划内物资，记得某种物资计划内外每吨的差价是一千多元，相当于当时一般职员两年多的工资，而该物资经父亲的手每年批出几万吨。“你年轻不知道社会复杂，当年‘三反’‘五反’，多少人丢官，连拿公家几张稿纸都要做检查。”“年轻人一定要自力更生，做这种事会害了自己，千万注意。”每次我找父亲“开后门”，得到的都是这样的回答。其实也给过几次，每次两桶，不到三百公斤，都是忆苦思甜似的说熟人家在农村，孩子一大串，天天吃糠咽菜，这也是当时的实情。一个女同事找过父亲，发现了新大陆：那是你家？想着不知有多好呢，咋这样，比你爸下面县级部门领导的家差远了！那时家里已经好多了，我有了八平方米的私人空间。

我们兄妹中我年龄最小，我儿子却是下一代的老大。俗话说隔代亲，爷爷自然极疼爱孙子。有次他出去开会，想顺路接孙子回来，谁知这孩子死活不上小车，非要坐公交，只好让小车放空，爷孙俩挤了公交。家里人知道后笑得前仰后合。我开玩笑：“爸，您廉政，您的孙子比您更廉政。”从进幼儿园到小学毕业，只要有空，父亲就坐公交或骑自行车接孙子。

砰！父亲几乎是撞开房门，“你们三个都考上了！”从未见过父亲这样激动和语无伦次。“文革”后第一年高考，我们三个都被通知参加体检，那时谁知道高考录取有什么程序，因此传说都考上了，引起了小小的轰动。结果哥一本我二本，等到中专录取结束，姐也没接到通知。在全家的催促下，父亲找熟人一查，姐的分数已到二本扩招线，问为什么不录取，熟人只有一句话：老兄，早干啥去了。姐为此伤心了好久，我们哥儿俩的喜悦也大打折扣。后来姐中专毕业后，父亲找人给姐调了个较好的工作，我们兄妹高兴得如叽叽喳喳的鸟儿，回头一看，父亲却在闷着头吸烟。那年大年三十，雪很大，我和临产的妻从单位的宿舍回家。空旷的街道无人无车，我们走走停停，深一脚浅一脚，从一个公交站走到另一个公交站，没有公交。当两个雪人回到家，父亲骂我，为什么不打电话叫我派车！我委屈却无语。须臾，父亲好像意识到什么，扭头进了里屋。天一亮手忙脚乱地把妻送进医院，初二凌晨就生了。父亲这么疼爱孙子，不知是否跟这有关。

哥大学毕业嚷嚷着要出国，父亲坚决反对。不知道父亲与哥是怎么交流的，父亲还对我说，有空劝劝你哥，我编了家庭社会责任、国外凶险之类的理由照做了。结果哥读完了硕博，完了婚，还是出去了。其间又到英国、美国访学一年多。后来哥伤心地告诉我，出去晚了，思维的可塑性差多了，不可能成为一流的科学家了。我当时不太理解，因为恢复高考后第一届博士在国内凤毛麟角，一般人眼里神似的。不久，他辞了研究员的工作，办了小事务所，买房子出租，又开了两家小超市，换了个活法，自称“个体户”。现在看来哥哥只是重复了一遍“钱学森之问”。参加革命让父亲从山沟到了城市，上大学让哥从小城市到了大城市，还不够吗？祖上积德了。出国？那是资本主义的世界，你是家中的长子。父亲是这样想的吗？父亲当年不是也很想出国吗，为什么？不知道。只是感觉到历史的相似：哥哥像当年跑出来参加工作的父亲，父亲则如回炉当农民的爷爷。

十几年前大年三十的晚上，一家人看春晚，十点多的时候，煽情的主持人朗诵着祖国人民关爱海外游子的文章，几乎声泪俱下。突然，父亲说头晕，接下来就是喷射状的呕吐。新年的医院冷冷清清，一座真正属于父亲的空城。母亲经受不起折腾，休息去了。也是我一人独守着病床，听着父亲沉重的呼吸和溪流般的输氧声，感受生命的脆弱命运的无常，祈愿父亲一定要好起来。新年的钟声响了，鞭炮的喧闹铺天盖地，似乎是岁月的倾诉和生命的蓬勃。

母亲一大早就来了，催我，吃点东西别耽误上班。

2011年10月

“没本事”的母亲

参加一个会，凑巧和母亲单位的一位领导坐在一起，唠起家常。这位优雅的女士惊奇地说，你母亲是我做护士时的老师！接着告诉我是在哪年哪月，老师高超的技术及对她的关爱等，听得我十分高兴。周末回家和母亲说起，母亲一脸茫然，我道出人家的尊姓大名及相貌特征，母亲沉默了一会儿，说：“真的不记得了。”

母亲常说自己是个没本事的人，事实上也是。

上初中时，一天我惊喜地发现平时都是铁将军把守的柜子抽屉没上锁，那可是母亲存放贵重物品的地方，从不让孩子们看，不知有啥好宝贝。但里边的东西让人失望：一个余额200多元的存折（相当于母亲半年的工资），两张10元面值的现金（当时最大的钞票，可能是当月全家的生活费），一个纸盒子里放了些崭新纱布、绷带和一支体温计，再就是一叠手稿。一看，是五六份入党申请书。每份六七页呢，从个人基本情况社会关系到对党的认识和对大好形势的赞颂以及自己的态度，工工整整，洋洋洒洒，时间跨度十几年，最早的一份比哥哥的年龄都大。当时我不知道母亲是不是党员，但后来我入党时母亲不是党员，退休时还不是党员。

父亲厌恶吃麦仁儿，因为儿时战乱躲在麦地里，天天以生麦仁儿充饥吃伤了。那年医院派医疗队支援贫困山区，时间半年。“全科室的人都报名了。”母亲说。结果母亲被光荣地选中，是个叫王屋山的地方，距城市200多里，坐大卡车背铺盖儿红旗招展走的。印象中母亲半年回家一次，不善家务的老爸领着我们兄妹仨艰苦抗战，一天两顿炒面。所谓炒面，是把面粉炒熟了加开水冲着吃的方便食品，吃得我们面如炒面，天天嚷嚷着要老爸改善伙食，但只有周日才能如愿。妈妈终于回来了，还骄傲地向我们展示了一张奖状，说她被评为先进。不公平！我们兄妹每学期都带回好几张五好学生的奖状，也没见母亲这么高兴。不知父亲是不是也吃炒面吃伤了，反正我是理解了父亲不吃麦仁儿的心情。

高中没读完，我就进工厂做工。新来的女工友挺漂亮，爱找我唠嗑。“你妈妈在哪儿上班？”“医院。”“是院长？主任？”“都不是。”“那一定是医生。”“护士。”“哦……”女孩的表情很失望。我虽不在乎工友的表情，但心里也觉得怪怪的。邻居阿姨和母亲在一个科室上班，都是护士，老公是科长，家里常有客人和饭局（当时都习惯在家请客），而我们家除了过年招待亲戚，从未设宴招待过客人。

平时阿姨家吃的比我们家好多了，有几次家里没人时在阿姨家吃饭，感觉像过年。不久，阿姨被光荣地派往大医院进修，时间半年。进修回来，成了有处方权的医师，说话做派都变了。我问母亲，为什么您不去进修？母亲一本正经地说，进修指标很少，要服从组织安排。现在想，母亲可能是重复了某位领导的谈话。

有段时间母亲突然喜欢写写画画，还问我论文怎么写。那时候事业单位第一次评职称，评上很有面子，又与工资挂钩，可是大事。我看后说您这是从哪儿抄的，母亲大急："你这孩子怎么说话的！这都是最好的医护案例，我主持的，别人都比不上，不看算了！"除了文字上的润色，我确实没发言权。"给您做做工作吧。""不要，你爸最烦那些事了。没事，我的条件很硬。"母亲很自信。因是第一次评职称，医院把够条件的都报上去了。过了一段时间，我偶然与同学说起这事，同学问阿姨过了吧，我说还没听说。"不对，中级评审马上结束，应该有结果了，我去看看，竞争很激烈。"第二天同学打来电话："你这家伙太大意了，我是在淘汰档案里把阿姨的材料捡了回来，以后这种事要早给我说。"母亲接到通知很高兴，评上护师，是对几十年苦累工作的肯定。不过，后来职称的事没有再麻烦同学，母亲直到退休还是中级。

母亲终于当官，四十多岁成了科室的副护士长。我知道科室主任是科级，这个官是什么级还真不知道，但母亲很兴奋，也更忙了。经常听母亲向父亲咨询工作上的事，比如两个护士丫头经常吵架怎么摆平，有的人心眼小又争荣誉咋处理，有些工作明明该这样办，科室领导非要那样该怎么办等。有时父亲听得不耐烦，说干不了就别干了。说真的，母亲当这官，活不少干钱不多拿。以前母亲上大夜班（后半夜），能睡到我们中午放学，现在可好，回家后翻表格看病历写东西，当然还要做饭，午饭后才睡一会儿。要是我们兄妹做错了什么，母亲就会说，科室的事儿够我操心了，别再给我添乱了好不好？我心疼母亲，有次学着父亲的口气说，妈，这官咱不当了行不？结果被母亲狠狠瞪了一眼。

在一个单位工作一辈子，谁混不上一套房呢？但母亲没有。我在母亲单位家属院长大，记事时是一间平房，单位给每家盖了间厨房，四平方米，懂事的哥哥住了。后来是一间半，两间。吃饭的小方桌平时塞在大桌子下面，吃饭时搬出来。房间宽度不够，作为最小的孩子，我总是半个身子窝在大桌子下面，脑袋和桌子没少“吵架”。小时候我瘦高哈腰，哥姐开玩笑说，这都是光荣就餐经历的纪念。平房要拆迁盖家属楼，家里有厕所的那种，好想住啊。家搬到了父亲单位，医院也在门诊楼给了一间房。盼星星盼月亮楼终于盖好了，却没母亲的份儿。母亲给我们兄妹的答复是：领导说了，这次要房的人多，虽然是搬迁户，但配偶单位有房的原则上不分房。咱要理解领导的难处，领导说下次还有机会。虽然是敬爱的母亲，但可以想象我们的脸色有多难看。生活了十几年的院落，高高的大槐树和婀娜多姿的合欢树，还有朝夕相处的小伙伴，因为“原则上不分房”而生离远别。现在父亲病了十几年，成天往医院跑，若在医院家属院，还不是随便请个叔叔阿姨就行了。几年后，母亲又怯怯地说，门诊楼那间房也退了，公务用房私人占着不好，领导还表扬说老同志就是有觉悟。我只有苦笑。

母亲挣钱不多，省钱却有道，而且节省得近乎吝啬和痴迷。“浪费粮食折寿。”这是母亲的口头禅。省煤气，一个菜炒好，先把阀门关到最小；省电，每次回家时，电视机总是黑的，二十平方米的客厅，不到伸手不见五指不开灯，而且两只20瓦的日光灯只开一只。大家还没走，先把饮水机关了，说这东西半夜闹人。洗衣机闲着，总是用手洗衣服；省水，坛坛罐罐接满了水，洗脸、洗衣、洗菜、洗碗的水各有用处，用过的水留着冲厕所。厨房水池和洗脸池的下水道不通了，坐便器的水箱坏了，帮忙的朋友说你家下水道没毛病，多冲冲水就行，水箱里的零件不用坏得快。“这样我还交了三百多的水电费。”母亲辩解说。不会吧，我家每月最高也就这数。后来知道，妈说的是一季度的水电费。

母亲刚退休，父亲就得了脑病。母亲十几年来护理得无微不至，若加以记述整理，定是科学护理加人文关怀的模范教材。每次到医院复查，医生都说是个奇迹，并感叹，有了你母亲，省去你们子女多少麻烦。人们常说如有来世或从头再来会如何如何，但只有今生才显示出芸芸众生的伟大平凡。

2011年10月

传家宝

每到周末，母亲的电话就会打来，内容总是“回不回，谁回家，吃什么”。得到肯定答复后，立马挂断电话，连问家里缺什么的机会都没有。老作风，省电话费。

父亲卧床十五年了，还下过两三次病危通知书，但在母亲的精心照料下硬是挺了过来。吃过饭，把父亲抱回里屋睡觉，母亲便和我们唠家常。一次谈涨工资，说生活比过去好多了。姐姐却说：过去您和爸爸的工资都不低，咱家的日子却过得很穷。母亲的脸色暗下来：“你们姥爷不在得早，你姥姥带我们兄妹五个容易吗？你们爷爷奶奶和山里的亲戚也很穷，百十元的工资有一半要接济他们，我有你哥时才吃了一块钱的鸡蛋。”我心里计算着，不禁打了个寒战。

母亲的节省真的很“神”：每次回家，大家按自己的饭量盛饭后，锅里只剩下一小块米饭，那正是母亲的饭量。美滋滋地吃完，四个菜也只剩下些汤汁。我不解：“妈，您做饭是不是把米一粒一粒数过？”“你妈做饭仔细着呢，”

阿姨说，“米都是用量杯，你们每人吃多少菜她心里都有数。”但有一次母亲失算了，饺子馅不够。母亲一脸疑惑：“每次都是20元的肉怎么会少呢？”姐姐哈哈大笑：“妈，您不知道猪肉涨价了？”

还有一次，母亲在厨房说：“去看看，你爸该尿了。”一看，接尿器刚刚接到。我激动地说：“妈，您真神了！”母亲平静地说：“不用些心，洗的尿布恐怕比你们三个小时候还多。”父亲单位的领导和老同志每次探望，总是对我说，你父亲情况这么好，多亏了你母亲！

央视开播《鉴宝》节目后，家里又多了个话题。一天，姐姐的女儿瞪着大眼睛问：“姥姥，人家都有传家宝，咱家有没有啊。”“有啊。”母亲笑着，转身到里屋取出她珍藏的“宝贝”。大家一看，鼻子都笑歪了：10元一条的珍珠项链，20元一枚的水钻胸针，30元一方的丝绸围巾。都是多年来我们出差带给母亲的小礼物，没想到母亲存放至今。更有甚者，还有一盒西湖龙井！是我二十多年前结婚时在杭州买的。我苦笑着：“妈妈呀，我们当年真该去云南，给您带些普洱茶，放到现在也发个小财。”“你们这些孩子真不懂事。”母亲生气了，小心翼翼地收起东西。在母亲看来，儿女的孝心才是真正的宝贝。

母亲平常穿的都是姐和妻“下放”的衣服。其实她俩没少给母亲买新衣服，但很少见母亲穿，估计又都压箱底儿了，恐怕要等到有孙儿媳妇才会拿出来。但母亲也有大手笔，孙子上大学、外孙女留学母亲都给了不少钱。我们都不好意思，母亲说："你们有钱留着吧，这是我和你爸的心意。"汶川大地震后，母亲还专门坐公交去单位捐款。

一天，全家人又坐在一起看电视。母亲突然说："电视上的家具不比你姥姥的好呢。""真的吗？"大家都来了精神。母亲骄傲地说："你们姥姥娘家是老城大户，陪嫁一整套仿明家具，实木的大小衣柜、桌椅和大床，记不清是啥料做的，但梳妆台肯定是花梨木，妆奁盒是紫檀的，与电视上的一样，都雕着花，油漆得特别亮，我小时候常用呢。"我记得已过世的姥姥是裹着小脚的，但极明事理。"这些东西还有吗？"大家问。"都卖了。"母亲停顿了一下，"你们也别说可惜，不卖它们，你们的舅舅、姨姨和山里的亲戚，包括你们能有今天吗？"

大家沉默了。过去红色传统是国家的传家宝，现在生活富裕了，家里的传家宝也一定要是物质的吗？"你要向妈好好学。"我对妻说。妻瞪了我一眼，若有所思。

2008年12月

接妈到家

一

房子装修好了，要把妈接来住。

提前一周给妈说，您早点收拾收拾，免得到时忘带了什么，我还要老远回去取。妈有些不服气："难道把家也搬过去？"我说，不是的，拎包入住，我那儿啥都有，只带贴身用的东西。

侄儿开车送妈过来，大包小包四五个。除了换洗衣服、洗漱用品，还有两枚小西红柿、橘子苹果各两个、十来根豆角，再看竟然还有半个洋葱、一个半馒头。"你带这些破东西干啥？也不嫌沉。"我边往外掏东西边埋怨。要知道我昨天专门买了脐橙、红富士和新鲜的蔬菜、猪肉、海鲜，还有江米、黑米、红枣、绿豆……可妈说，家里没人东西要坏，怪可惜的。

这是什么？我拎出几个包装整齐的塑料袋。这是萨其马、曲奇、鸡蛋糕，不都是你爱吃的嘛。妈说。这些确实是我小时候的最爱。对了，我专门买双新拖鞋，怕把你们家踩脏。妈不知什么时候换上了拖鞋。我眼里一热，愣了半天说，妈呀，您确实是什么都没忘带。

晚饭后，妈一脸严肃地说，坏了，千想万想，还是忘带了件东西。是啥？我有些紧张。手机！我笑了：手机可是年轻人出门第一个要带的东西啊！

二

工作关系，我们夫妇很少在家吃饭，回家也很晚。

周六不上班，我说今天中午我做饭。妈一脸笑意，说：我帮你吧。我说不用，你们把菜洗好切好就行。说完就进书房上网了。

浏览网页，打游戏，不知过了多久。听到妈说，菜准备好了。来到厨房，我设计的四个菜已备得整整齐齐：海米豆角、麻辣豆腐、口蘑肉丝和番茄青椒洋葱木耳鸡蛋，还有切得细细薄薄的葱花姜丝蒜片。拉开架势开炒，妈站在旁边，我觉得有些碍事。

“豆角要炒熟，不然有毒。”妈说。我说，知道。作为知识分子，这点科学我还是知道的。“火是不是太大了？”妈说。“不大，炒菜讲究火候。”我回答道。菜一出锅，妈伸手抢着去端。我急忙制止：“哎呀，您别动，烫着了！”炒第二个菜，妈说：“这是酱油和醋，这是盐……”“妈呀，我的厨房我不知道调味品在哪儿放吗？”我有些不耐烦。妈怯怯地后退一步。“是不是多加点水？”炒第三个菜时，妈又说。在“呼呼”的抽油烟机声中，我指着客厅大声说：“那儿有沙发和电视，您去歇会儿好不好？”妈转身走回客厅，走得很慢。

“妈，开饭啦。菜好吃吧？”我得意地说。“嗯，好吃。”母亲的笑容有些僵硬。一阵无语，我突然意识到自己刚才的失态。

色难，这是孔子说的。

三

冬至了，按照惯例要吃饺子。

大肉、虾仁、韭菜等买回来就行了，而且调饺子馅是妈妈的拿手好戏。有饺子粉吗？妈问。没有，面食只有包装的干面条。面板和擀面杖呢？也没有，只有那个小菜板。锅排儿和簸箕肯定也没有，妈看着我说。我说，您的意思是这个可以有，但这些真没有。妈一乐，无语。

妻说，不行买点速冻的凑合吧，包饺子弄得周围乱哄哄的，不好收拾。我说，不行，那玩意儿真心不好吃，再说还有姐和姐夫呢。妈说，不行我去把那些东西搬来？我说您有多大劲儿，我去吧。东西没地方放，妻子又来一句。最后一致决定回老宅包饺子。

熟悉温馨的老宅。大家说说笑笑，各司其职，齐心协力吃上了热腾腾香喷喷的饺子，我身上脸上也很沾了些面粉，心中却轻松愉快。望着随意摆放的碗筷器皿，突然觉得新家整洁明亮的厨房少了点什么。

四

记得早年姥姥说，妈就是个小姐身子丫鬟命，即身体弱干活多。护理工作三班倒，确实累，从小也没少听妈喊胳膊腿疼没胃口。确实妈挺会照顾自己，这些日子我又重新见证了。

严格的作息，穴位的按摩保健等就不说了，早餐颇有讲究，中西大全：牛奶、荷包蛋、蜂蜜、糕点是第一道。稀饭、馒头（偶然油条油饼）、青菜酱菜是第二道，每样只吃一点点，再加上老大海外孝敬的深海鱼油、卵磷脂和活性钙，从六七点到八九点忙得不亦乐乎。

午饭简单：捞面条，一个菜，肉切得饺子馅似的。妈平时从不吃鸡鸭鱼肉，不是不会吃，是已习惯周末和孩子们一起吃。醋是必不可少的，早中晚都吃。前几年陪妈去体检，医生说妈血管的弹性像年轻人，应是醋的功劳。妈常唠叨，醋没有过去的好吃了。

晚饭主要是粥。我总结出凉、温、热三大系列，组合开熬，每周至少三次。我开玩笑说，再给您加点人参、鹿茸、虫草什么的一起熬？不要！妈说，这些过去都是地主吃的。妈又若有所思地说，我身体好点不是省了你们很多事吗？

我一震！所谓孝顺，不就是让老人吃好喝好，健康开心吗？不少老人为了事业家庭辛苦操劳，老来疾病缠身，儿女们忠孝不能两全，妈自己照顾好自己，我们早晚还能吃上营养丰富的热饭，真的很幸福。

在一个家庭，照顾好自己也是对别人的一种关爱，这是悖论，又是至理。

五

白天和妈交流少，只在晚上看电视时有一搭没一搭地说话。

河马是两栖动物吧？妈问。能在河里游在岸上走的都是两栖动物？我忍着笑反问。当然，两栖动物本事大着呢，你看狮子豹子都不敢惹它。妈说。“您说得对，有的明星本事就很大，都是两栖三栖的。”我就坡下驴。

我喜欢小鸟，乖巧好看，不喜欢恐龙，又丑又凶，妈说。小鸟是恐龙变的，我说。啊？妈很惊诧，怎么差别那么大！这是生物长时间进化的结果，我解释。哦，进化真好。

电视新闻报道，“辽宁舰”结束南海演习返回青岛某军港。哎哟，咱们中国已有两艘航空母舰了，妈说。两艘？这回吓我一跳。我刚看了，一艘“辽宁舰”，一艘“青岛舰”。是这样啊，马上就有第三艘了，海南岛舰，我只好顺水推舟。咱中国发展真快啊，妈感叹。

您天天门也不出，看天气预报有啥用，我说。心里踏实，妈说。天气云图你能看得懂吗？我说。人家播音员解释得清楚着呢，你知道这个播音员叫啥名？妈反问。我灵机一动说，叫裴新华。胡说，叫宋英杰！母亲脱口而出。哦，我记住女的，您记住男的。你这臭孩子！妈白我一眼。

第二天上班。今天要降温，加件衣裳！妈说。哦，天气预报在这儿等着我呢。

2013年12月

方馒头圆馒头

方馒头的样子让人想起胸大肌、三角肌或肱二头肌，想起坚实和力量。方馒头不是单个，而是连体的，出笼时白白的一条，所以也叫杠子馍。方馒头吃的时候很容易掰开，是因为上蒸笼前均匀地切了几刀，只需照着馍上面的浅痕一掰，就是一个方方正正的馒头，当然，刀口那面没有馍皮儿，可以直接观察面粉的发酵情况和揉制时馒头上部形成的层状纹路。

我对馒头熟悉，不仅因为中原人基本上是吃着馒头长大的，而且从小看母亲和母亲的母亲蒸制馒头，对不同场合的馒头进行过反复观察。城市做馒头细致些，无论方的圆的，揉面的时间较长，个头也较小，这样馒头香甜口感好，一顿吃一个正好，最多两个，毕竟市民从事重体力工作的不多。而农村的馒头就不一样了，当时农村用煤紧缺，多是地锅，直径半米以上，烧柴火，锅大馍就大，自然做的多是杠子馍。下乡学农劳动，第一顿饭让馒头吓着了，一个馍像半块砖头，半个也吃不了。但接下来割麦运粪都是体力活，半晌肚子就瘪了，一周下来瘦了七八斤，胃口却有了，居然一顿也能吃俩大馍。后来见过民工一根筷子扎仨馒头，士兵一手抓四个馒头吃，也不觉得奇怪了。他们四肢粗壮有力，主要靠方馒头。

方馒头常常做成花卷，当然不是白面加油盐葱花做成，而是加入玉米面、高粱面、红薯面等。具体做法是把发好的白面擀成片儿，上面铺上一层和好的杂面，再卷成杠子蒸成。这样花卷的切面上就形成螺旋的花纹，金色的、暗红色的和青黄色的，很有美感。花纹的粗细厚薄由加入杂粮的多少决定，加多少杂粮由每个家庭的经济状况决定。花卷的供应是常态，它的搭档是青菜、咸菜，远比纯白面馒头多。当年我去过的同学、亲戚家，花卷的花纹都挺厚，回到家我还因只吃白面扔掉杂粮挨了大人的打。当下的花卷的花纹像女人纹的眉，又浅又细，比白馒头还贵，这也是经济条件决定的。

圆馒头是高大上和喜庆的象征。制作圆馒头费些功夫，好在需要做它的时候时间充裕。方馒头是一大块发面整体揉制，虽费力，效率却高。圆馒头要一个一个揉制，且发面不能过硬，揉制需一个方向旋转，均匀用力，揉一会儿加些干粉调节，直到软软的面团变硬有弹性，这样蒸出的圆馒头不塌架，呈优美的高抛物弧形。掰开后馒头由外到内是错落有致的层状馍体（层状馍体的厚度取决于揉制的时间和干粉量），看着舒服，吃着香甜，人间美事，莫过于此。母亲和姥姥做圆馒头很有耐心也很讲究，像在给孩子洗澡按摩，充满爱心，那场景至今历历在目，只是当时母爱常在而圆馒头不常在。还有一种圆馍，杂粮的窝头甚至是麸糠野菜的窝头，也叫黑馍，过来人都很熟悉，热的咬得动能吃，凉了就是块石头。我十五岁前唯一一次生病住院，是吃了又凉又硬的高粱窝头，得了急性肠胃炎。不过当时无论白馍黑馍，填饱肚子就是好馍。

圆馒头像唱戏的花旦，是节假日主食中的主角。春节期间，每家都要蒸馒头，蒸很多馒头，且以圆馒头为主。初一到十五，无论吃什么菜，主食理所当然是馒头。上档次的是枣花馍，在揉制好的圆馒头中央嵌一枚红枣，雪白之中一点红，喜庆、甜蜜、诗意，由此滥觞，演绎出众多祥云、动物形状的枣花馍，既实惠，又透着浓浓的祥和年味。普通的面食也是文化层面的宣示。馒头醇香枣儿蜜甜，在糖果稀缺时期就是甜蜜的宝贝儿。儿时的我常常看着枣花馍出神，吃的时候第一口就吃掉红枣，似曾相识，内心眷恋，感觉亲切，却找不到答案。

收过秋庄稼，空空的田地冒出一个个黑色土堆，间隔三五米规则排列，那是暑期农民沤制的农家肥。用板车一车车拉到地里，这是种麦子的底肥，麦苗一季的主要营养，也是农民丰收的希望。放眼望去，一个个的土堆如雨后的蘑菇，更像一篦篦准备上笼的馒头——黑馍窝头。小时候过年回老家晋城，吃到的馒头亭亭玉立，雪白香甜，回味无穷。当时嚷嚷着要父亲多带些白面回家，父亲却告诉我，这里的麦子亩产才百十斤，白面馒头过年才吃，日常的主食是小米、玉米、高粱和豆子。其实馒头的口感和营养，主要在于小麦面粉的质量，过去农药化肥是稀罕物，种麦靠农家肥，农家肥肥效慢，麦子产量低，但面粉的营养成分却均衡齐全，氨基酸、维生素、微量元素含量高，劲道、香甜的口感概源于此。大量摄入这种高品质的粮食，可以适当弥补肉食等高蛋白食品的不足，制作方法倒在其次。现在的麦子产量高，是化肥堆起来的，白面馒头随便吃，营养口感欠缺，像一个人走得太快，丢失了什么东西。

母亲八十多岁，喜面食，自己蒸馒头烙饼，当然有时需要我去市场买。现在的馒头，圆的多，不是做工精致，而是机器生产，旋转的机器快速地吐着发酵的面团，形圆却扁平。母亲虽也抱怨，却不改初衷。好在市场需求的调节，有了酵头发面的手工馒头，虽能找回一点当年的馍味，找不到的却是那种专注和淳朴。

忘记过去意味着背叛，追捧过去意味着倒退。文化的内核，不应有过去现在之分，但文化的构成有不同类别，就像黑馍白馍、方馒头和圆馒头。

2016年7月

母亲的郊游（外三篇）

“这个周末不出去玩了？”母亲问。因为最近几个周末我都不在家。“出来好，天好了也带您出去转转。”我说。“想不想听听我的郊游？”母亲突然说。

太好了，母亲很少回忆往事。

那是1944年麦熟时，你姥姥带我、你姨、你大舅还有几个表亲到郊区避难，当时叫“跑反”。落脚的第一个村子叫老仓洼，你姥爷干亲的老家。坐的驴车，十几里的土路，颠簸得天旋地转。我晕车。“吃得还可以吧？”我问。吃的大麦面、青麦仁和野菜，倒也没饿着。但你没断奶的姨晚上出麻疹，高烧不退。那时候哪有药，硬挺呗。连开水都没有，你姥姥一晚上都用铜勺在油灯上烧点水喂她，竟然也挺过来了。现在的孩子行吗？母亲看着我。

“这叫郊游？”我苦笑。

过了两天，日本鬼子的枪炮声近了，我们又跑到更远的村子——高沟，也是远房的亲戚家，这里的生活安定些。咱不能白吃白住，我领着几个伙伴拾麦穗儿。那时候天蓝水清，累了就撵小鸟采野花，可好玩呢。几天下来我们拾了五六十斤麦子，那年好收成。麦子都留给主家了。那时候白天地里干活玩耍，晚上土炕通铺，吃野菜、窝头、小米粥，是不是你们说的有机绿色的农家院？

“后来呢？”我问。

后来回到洛阳城。才知道我大爷——你姥爷的哥哥，被日本人拉夫，五十多岁的人了，身上被绑了八十多斤的子弹，人都累瘫了，还要挨皮鞭！从此一病不起。还有个小伙伴拾了个雷管把玩，被炸掉了一只手。

“再后来呢？”

后来我在共产党的被服工厂纳鞋底，挣钱养家，极少去乡下了。

觉难

父亲不在以后，夏秋时节妈总是在姐家住。像在老宅一样，周末就来电话问回来吃饭不，我们一般隔周会去。

“你回来了？”我一进门妈就从厨房跑出来问。“哦。”每次妈都问这句。我也总是漫不经心。就像我每次回来都较晚，妈总在厨房一样。

姐夫主厨，妈打下手。我也象征性地到厨房站站，问需不需要帮忙。“没事，没事，你回客厅凉快吧。”“厨房小，你在这儿碍事。”当然，我很乐意被妈和姐夫“轰”出来，回客厅沙发上喝茶看电视。

“你还那么忙，天天加班？”吃饭时妈问。“有时候。”我的回答很简洁。“平常忙，礼拜天也加班？”“我的事有时不分周一周日。”“唉，看电视上说，习总书记让你们办的事不少。”我扑哧笑了：“我级别低，总书记顾不上。”姐家距学校办公室不远，所以饭后我常到办公室坐坐，看看报纸，翻翻闲书，碰到弟兄们还可以斗斗地主。大概在妈的字典里，去办公室就是加班。

“你这一段儿总是加班，可别累着了。”把碗碟收拾停当，妈又坐在沙发上叮嘱。“不会。”妈接下来又是老生常谈，你的血压咋样了，吃的药效果咋样，早点睡觉，别吸烟了，少喝点酒……每次来妈都会一遍遍重复。“妈，你去睡吧。”我知道妈有午睡的习惯。妈好像没听见我的话。“你看，我在电视上学的一套按摩操，可以降血压，我教教你。”“妈，这个要管用的话药厂都得关门。你还是去睡觉吧，午睡确实有益健康！”我有些不耐烦。“我不睡，想说说话。”妈垂下眼帘，“我睡醒就找不到你了。”

被雷击中的感觉。

伊斯兰先知穆罕默德说，幸福者是因在母腹中得福。你以为潇洒轻松的日子，有个人在时时刻刻关心你。你的事业是她最大的骄傲，你的疾患是她永远的痛。而这种关爱的表现平淡自然，烦琐而细微，轻抚你自以为是的神经。

长期对父母和颜悦色不容易，理解母爱觉悟感恩更难。母爱，让你永远处在温暖安静祥和、摇篮一样的母腹中。

妈饿了

妈一冬天都在我家住。

接她来时暗下决心，一定要妈吃好喝好，不让妈花一分钱。还有，一定要保证安全，现在社会这么乱，要她不能随意与陌生人接触。

下班路过超市，总要买些新鲜蔬菜水果，妈喜欢吃什么我心里都清楚。“想吃什么，我给你买。”明显表功的意思。“不缺啥，我想自己去买点小饼干。”“知道了，您等着！”第二天小饼干来了。妈看起来并不在意，不合口味？

周末采买的东西不少，而且有的东西妈在老宅绝对不舍得买。我亲自下厨做了好几个菜。“妈你多吃点儿。”“好吃好吃。”妈说着，动两筷子就放下了。“整天不动，肚子不饿。”妈说。

晚上看电视，说起社会上有人专门骗老年人。有的忽悠老人说儿子出事了，骗取老人多少万元；有的骗老人开门，抢走家里多少财物。越说越可怕。“妈，我们不在家时，有人敲门，不管是谁，千万别开门。切记切记，妈你知道吗？”“哦。”妈答应了。

那天出门不久，发现钥匙没带，便叫司机回家拿。我掏出手机刚要给妈打电话，让她开门。这时进来一个电话。说完公事，忘了给妈打电话。不一会儿，司机把钥匙拿回来了。

“不是叫你不要开门吗？”晚上回家，我批评妈。“我听声音不像坏人。”“你就那么肯定？那回找对门邻居的你也给人家开门了。”妈犯错不止一次。“这世道没你想的那么坏。”妈反驳。

事后想想，世风不古是老年人的责任？在他们的心里，有人敲门就是喜鹊登梅——或是亲戚探望，或是朋友叙旧，至少也是单位有事找你。所谓无事不登门。当然，极少数不法之徒利用老人的心理作案，更多的是我们年轻人和管理者的责任。还有，老人长期处在封闭的环境，渴望交流。看来，我们的做法确实有点问题。

周日上午，突然发现妈已经穿戴整齐拎包到了门口。“我出去转转。”妈没给我说话的机会就出去了。一个小时没回来，我正准备出去找，妈敲门。“妈你出去这么长时间，手机也不拿。”我埋怨。“今天天真好，我买了点菜。”妈的笑意写在脸上。

妈买了一把蒜苗，一堆菠菜。蒜苗细而黄，菠菜又小又瘦，一看就是最便宜的，估计妈还要同摊贩讨价还价一番。“妈，你买的啥东西呀，蔫不拉唧的。”妈不接我话茬儿，说：“你做饭吧，我饿了。”

妈在门外

妈八十多岁了，手脚利落，只是听力稍下降，爱唠叨。平时看电视妈提的问题总是要给她说几次才听清，我有些不耐烦。有几次我在书房，听妈说饭好了，出来吃饭。我说知道了。一会儿妈又说，出来吃饭吧。马上！我觉得声音够大了。谁知妈推门进来，生气地说，和你说几回了，咋不理我！我说过知道了，我觉得是在吼了。这回妈听清了，说这么大声干啥，你这孩子没礼貌！饭后我对妈说："您现在耳朵不太好使，以后您说一声就行，我的耳朵没问题。"妈说："好吧，怕你饿着，饭凉了对胃不好。""知道了。"我心里一热。往后几天，妈一叫我，便一分钟到位，还得意地说我听到了吧，以后不要再唠叨了。妈说，我也知道了。

那天下午，我在书房上网，听妈说了句什么。我一看饭点没到也没在意。网游快意，忘乎所以，不知过了多久，猛然听到妈在叫我："平儿——"声音拉得很长，透着焦急，甚至带些哀婉，极具穿透力。这声音多少年没听过了，小时候和小伙伴们玩藏猫，半夜不回家，妈担心儿子，满家属院地找，一边找一边呼喊儿子的名字，就是这种声音。心下大惊，不会有啥事吧。赶忙出门，客厅没人，厨房没人，卧室没人，急切间听到有人敲门，开门一看，妈在门外。

你出门也不说一声，吓我一大跳。我先埋怨。你不是说我一说你就能听到吗，我叫了十分钟门，我怕你再说我唠叨。我一怔，无法用语言形容我的懊悔。妈虽耳背，但慈爱如昔。我有耳无心，愧对伦常！妈最后说怨自己忘带钥匙和手机，是在给我台阶下。

也给了我一把心灵的钥匙。

2014年5月

硕颀

“你叫什么名字呀？”问起别人孩子的名字，觉得都不错，除了夸句“名字真好听”，还会按字面赞美一番，尽管有时感觉字义少了点什么。给自己的孙女起名时，才知道书到用时方恨少，且众口难调，颇为踌躇纠结。

但凡女孩子的名字，可分为以下几类：一是花草，梅兰竹菊桂荷萍；二是色彩，赤橙黄绿青蓝紫；三是美惠，媛淑华静曼茜佳；四是智雅，思纯子怡婉洁昕；五是金宝，翠玉珂瑶珠瑜环。还有春云琴燕等季节气象风物，不一而足。这也是本人关注了名字文化后的收获。

起名先要避免与亲戚长辈同字同音，与熟人朋友相同相近也别扭。古代绝对忌讳小辈名字与长辈名字同字同音，所有官民士绅都不得与皇帝陛下的名号同字同音，如有同名同字，便是不忠不敬的大罪。非但不能同名同字，写字做文章，遇上君亲的名字，都要换字或把这个字少写一划，以示尊敬。唐代的碑刻，几乎所有的“民”都少写一划，便是这个缘故。“文革”时期，男孩子多是建军、国庆、卫东等名字，后来又开始流行单字名，好听好看的字只有那么多，重名的一大片。我单位一处室四个人，三人的名字都有“静”字，遂戏称“静室”。深博的国学啊，竟落得如此尴尬。名字文化从一个极端走到另一极端，也难怪，在“文革”中许多文字的“命”已被革了。有着汉文化血统的日韩，同门一家却不忌讳用相同的字，逮着一好字猛用，似乎是在突出家族特色，我泱泱大国，文化之源，却不能这样任性。

名字文化的嬗变，也折射经济社会。适逢改革开放，传统文化复兴，给孩子起名自然拉开架势敞开了琢磨，好在《辞海》《词源》《康熙字典》《四库全书》《圣经》等，可以让我们字海撷英。现在孩子的名字，特别是女孩子，花草色彩金宝似已俗气，雅智美大行其道。就我所知道的晚辈女孩，名字个个清新雅致，将来都是明星的范儿，富贵的主儿。更有唐宗宋祖的“胤”，太后懿旨的“懿”，康熙大帝的“烨”，还有玛利亚、安娜等，实在是用心良苦。人生漫漫，怎一个名字了得。现今小学老师第一次点名，如果全部发音准确，明晰词义，其定是国学高手。其实，名字就是人的代号。刘邦，原名刘季，老三的意思，朱元璋，原名朱重八，都是兄弟姊妹的排行，名字通俗，却闻名天下。商周一千多年间的帝王，很多名字是以天干地支、甲乙丙丁为名，却不妨碍他们拓土封疆，建功立业。当下乡村一些地方，大人们用最难听的字给孩子起名，如狗剩儿、粪堆，认为这些名字可以辟邪祛灾，保佑孩子健康成长。

有了这般限制，实如牛入水井，百般掣肘，左右不能逢源。叫思恬吧，让人想起忆苦；叫纯馨吧，感觉不够稳重；叫芳华吧，恐怕重名的太多。真是好字万万千，组合千千万。两字含所想，可谓难上难。初见王小丫这名字，感觉太简单，现在来看恐怕其父母给她起名时也是如此的纠结和不得已。有篇文章叫《孙子起名叫富贵》，历数起名不易，众说纷纭，最后爷爷拍板，定名富贵，以其至俗，求其至雅，独辟蹊径。“富”和“贵”，本是好字，天下人熙熙所趋，为什么要排斥呢？

突然灵光一现，我说，叫硕颀吧。啥？大家一愣。我说你们上网搜《诗经·卫风·硕人》，“硕人其颀”，描写的是美丽公主，高雅尊贵，高挑白皙，“巧笑倩兮，美目盼兮”便出自该诗，女孩子美好的意思都在里面。国学不我负也，我颇为得意。沉默一会儿，一位说，不好写。一位说，发音别扭。儿子查了新华字典，说是又高又壮的意思，不喜欢。唉，还是回到字佳音美、意思蕴雅、合八字顺五行、求完美的思路上，老夫子起名，不解释几人看得懂？结果可想而知。

这就是当下流行文化与传统文化的差异。“硕”“颀”二字组合意思上佳，却被理解为大、高，发音不流畅。这种对字意的简化是否可以理解为对文化的简化，是否可以理解为急功近利式的浮躁呢。一个人对他不熟悉的东西，生不出亲切感，缺少厚重文化的浸润，对简洁直观的字面兴趣浓厚，自然对古典文字的内涵缺乏共鸣。当然，否定某个名字无所谓，好名字很多，个个清丽吉祥，但对文化的漠视或文化感觉的退化，值得深思，令人忧虑。

硕颀，是爷爷对孙女的期望，也是老夫子对女孩子的祝福。

2016年7月

高考那些事儿

恢复高考的消息在1977年下半年传开，当时我已离开学校一年多，在工厂打工。

哥哥姐姐都是下乡知青，按照“身边留一个”的原则，我是幸运儿。说实话我将信将疑，考下试就能上大学？这馅饼掉得太突然了。哥姐下乡多年，是县、市知青的积极分子，却没有上大学的机会。那些后来称为工农兵学员的大学生，都是推荐加考试，且考试是形式，白卷也能上大学（比如张铁生）。哥的一同学上了中山大学，一问，他父亲是地区知青办主任。哥热爱读书，看得出他心中的悲哀无奈。后来在大学读到左思的“郁郁涧底松，离离山上苗”，心里五味杂陈。话说回来，真要考试，我也没信心，因为高二基本停课，没再学习。

我在电机厂打临时工。做车工，加工电机的转子和外壳，行话叫挡车，这词儿总让人想起常用的政治术语——螳臂挡车。要高考了，有人说别干了，专心复习吧。辞工？考不上饭碗就没了！更舍不得工钱，一天一块两毛五，干一天有一天，三十多块的月薪已可以养家。师傅说，调下班，这两个月你上中班（下午四点到晚上十二点），白天可以上课复习。过了几天，师傅又说，你吃过晚饭来，十一点回去。正常情况是不允许的，可是工友都同意，说：“活儿我们替你干，复习要紧。”这事工长知道，车间主任应该也知道，他们见我都面带微笑。两个月下来，还多挣了十几块钱的夜班费。——师傅姓丁，名贤臣，毕业后我回厂子看过他。

中学母校开了复习班，免费的，礼堂里的大课。复习主要听语文政治，数理化也听，感觉像你笑嘻嘻地想和漂亮女孩搭讪，人家却不搭理你。上山下乡的同学也回来了，伙伴们许久不见，甚是亲切。大家约好下午集中复习，还排了课表，但见面看不了两眼书就开始胡说八道起来，说在乡下的偷鸡偷菜，“智斗”贫下中农，谁跟谁好了又吹了等。到后来大家还从家里带些吃食啤酒，为海阔天空助兴，名曰加班饭。我们经常跑到母亲单位的职工食堂吃夜宵，带来的课本复习资料就退居二线了。有位仁兄已有烟瘾，抽旱烟袋，吧唧吧唧的招致大家反对：“你这样上大学太不文明了。”这位老兄还真厉害，当即把烟丝、火柴连同烟具扔到了家属院的墙外，以示决心。第二天我们发现烟袋又回来了，“后半夜烟瘾犯了，跳墙黑灯瞎火找了半天。”同学红着脸说。

当然家属院里的不少人还是头悬梁锥刺股一番，后来，好的上了中科大，差的多了些白发。记得高中时经常给同学们做政治报告的学生干部没考上，他复习时是下了大功夫的。我并不是幸灾乐祸，当时没人不想上大学，对文化的渴求是一样的，只是有的人晋升的台阶没有了。同样，吃过大苦的人，也是最会享受的人，共和国第一贪刘青山用的是曹锟的厨子，比民国大总统还难伺候呢。人是自私的，对享受的追求无止境，只要社会环境允许，不在乎攫取的方式。几个月的复习，你不可能补齐没学过的课，还有那些把青春时光投入社会潮流中的人，逝去的文化学习就逝去了，而复习能激活休眠中的知识，但那些文化知识已在濒死的边缘。比我们高两届的学兄学姐，赶上“右倾回潮”，读完了高中课程，他们真是沾了大光。但凡规规矩矩上些课的，都考上了不错的大学，是七七级、七八级的主体。看来厚积了，才能薄发。

报志愿时，我的三个志愿都是名牌大学，因为感觉那才是大学，不知道分一本二本，也没有平行志愿，中专不报。其中一个是南开大学，家里人开玩笑说，估计你难开。一个同学更绝，清华大学、北京大学、复旦大学一字排开，还在是否同意调剂其他院校栏目中填了“不同意”。估计这些大学的招生老师看了要吐血。其他小伙伴倒是规规矩矩连中专都报了。我留了个心眼，在那个栏目中填了“同意”。结果小伙伴中我硕果仅存，开是开了，不过不是南开，是开封。

考场在一所小学，桌凳低矮，我当时一米八的个子，趴在上面十分憋屈。文科知识知道点，因为在高一时写过大字报，看过《红楼梦》，伟大领袖逝世时也写过纪念文章，而且高考的作文题目是《我的心飞向毛主席纪念堂》。我感觉又一次成了幸运儿，老天待咱不薄。数学呢，初中的题都会做，高中的，复习过也记不清定理公式，呆呆地等着时间流逝。高中两年的疯癫，给了我们没有任何学习压力的悠闲天堂，也留下了终生无法弥补的遗憾。两天考下来，我胸口又疼了好几天。

记得上初中时老师说，上中学，相当于中了秀才。上大学呢，老师没说，应该是中举人吧，“范进中举”人人皆知。白首穷经，不少同学再未踏进大学校门。一起复习的小伙伴，又复习了两年，无奈都上了中专和技校。他们之中不少人，原本可以更上一层楼。我懵懵懂懂，在命运之河中载沉载浮，抓住了一根稻草，一段圆木。

历史把原本属于我们的再送回来，也要感激涕零。

2017年6月

我们这些蜜糖罐里长大的

乡野篇

清明过后，草儿鲜嫩丰茂，尤其是部分草的根茎，脆嫩清甜。放学后或周末假期，便是孩子们“拈花惹草”的好时候。那年代城镇很小，走几步就是乡野了。

也不知道是谁先发现的，大家都知道哪些草的根茎有甜味，一般是在河渠的堤岸，野草最为茂盛。三五成群的孩子扑向草地，大家张开双臂，趴在草地上占据一块地盘，猩猩般择食草根，一般都能遵守“和平共处五项原则”，极少边界冲突。

俗称“葛巴皮”的草最多，它们从不向上争取空间，而是合纵连横地漫铺开来，无休止地向外扩张，成为墨绿草地的主角儿，其他阔叶或双子叶的草儿只能见缝插针生长。扒开黄褐色的泥土，密密麻麻的草根中有褐色的，紫红色的，鹅黄牙白的，当然只有后者可能带有甜味。这时候单子叶、麦草类的草儿也起身抽莛了，抽蒜薹似的抽出草莛，末端有不到一寸长的软嫩部分，色乳黄，便有些甜味，大概是草儿为扬花结子繁育后代积聚的营养。尽管抽出的草莛直径不足毫米，但甜蜜直抵人心。

草叶不能吃，神农老祖似尝过不少草叶：葛巴皮、芨芨草、野燕麦的叶片粗糙无味，灰灰菜、扫帚苗的味道青涩寡淡，猫儿眼、蒲公英的叶子极苦，吃得腮帮子和嘴唇有些麻木，幸亏是浅尝辄止，没有尝到断肠草。喜欢切断蒲公英的叶片，叶子的脉络处会涌出一个个珍珠般的奶球，看着渗出的乳白色浆汁，心里荡漾着别样的依恋。这浆汁唤起了最温馨最甜蜜的记忆，仿佛就在昨天。这种草兔子爱吃，看着兔子心满意足的吃相，心里很是羡慕。

池塘边或低洼处，生长着我们叫野草莓的植物，和画片上的草莓极像，圆形的叶片儿，边缘带刺呈锯齿状，茎秆上结出许多红色的、白色的浆果，果皮上也有些黑色的绒刺，只是果实很小，黄豆般大。想象中草莓是好吃到无法形容的水果，阿姨或老师讲的童话故事中也经常出现，可惜没吃过，因而吃这“草莓”相当于品尝无限的甜蜜，更有一种神秘亲切的浪漫。尽管这浆果只有清清的水味儿，辜负了那诱人的草莓红。后来在大学读杰克·伦敦的《热爱生命》，读到荒野迷途中饿得七荤八素的淘金者怎样以类似的浆果充饥时，那种感觉真的很妙。

草地上花儿很少，或很小，都是些不知名的小黄花，不甜，嗡嗡的野蜂子也是偶尔光顾，蜻蜓点水般，随后扬长而去。至于尖叶低矮的草儿，甜不甜只有风知道。牵牛花，也叫喇叭花，细细的秧子托着碧桃般的叶子爬过草地，开出嫣红的、粉红的、淡紫的旧式留声机喇叭一样的花儿，那时没有审美情致，只关心甜不甜。有时用力过猛，花朵破碎了或者花茎从根部断裂，便成了辣手摧花，再笨手笨脚地剥食花蜜，往往青涩多于甜蜜。最好是捏着花儿的末端，轻轻地将花朵拔出来，用嘴轻吮裹着花蕊的底部，便可享受到一丝丝的芳香甜蜜。一时忘情，把花蕊也吸到嘴里，便前功尽弃。

玉米扬花吐缨的时候，玉米秆儿是甜的，后来知道此时玉米需要大量合成葡萄糖转化为淀粉孕育籽实，因而嫩玉米也是香甜的，此时需浇水追肥。暑假，小伙伴们便时常钻进玉米地，折取玉米秆儿的中段啃食（根部更甜，但太硬不好折断，上部味清淡），虽比不上甘蔗，且玉米秆儿皮厚芯细，容易把嫩嫩的嘴唇划破，但免费的甜品自然不能放过。我们冲进玉米地一通稀里哗啦，场面像西双版纳的野象闯进山村，惹得农民吆喝着来追，有两次还挨了打。有如此风险，我们渐渐不干了。

饕餮盛宴在五月槐花盛开的季节，暖暖的风里弥漫着香甜沁人的味道。那时候的城乡总有众多的槐树，高的低的，粗的细的，油绿油绿的十分茂盛，洁白的花儿一串串挂满枝头——不像梨花、杏花开出来一大片。槐花描画了树冠浑圆的、波浪的弧线，丰满圆润，碧绿的圆乎乎的叶子掺夹其间，是立体感、层次感和对比度极强的画面，特别温馨甜蜜。

大显身手的时候到了。低枝上的槐花已被路人采光，大家爬上高枝，小一点的树上爬一两人，大树上两三人，一边说笑一边大块朵颐，摘下一串，放进嘴里这么一拉，所有的槐花都在嘴里了。吃饱了意犹未尽，便挑些苞蕾初放的花儿，对着末端吮吸或咬下细品，因为细圆的花骨朵还没有花蜜，不甜，开过了的，花蕊中已孕有纤细翠绿的种荚，更没意思。所以，大家一朵接一朵地吃着花蜜，惬意幸福感大约只有蟠桃园里的齐天大圣可以体会。突然，邻树上的孩子哇哇大叫起来，肯定是与蜜蜂争嘴吃挨蜇了，通常我们以笑声表示同情，因为大家都挨过蜇。

不久，就有走街串巷卖槐花蜜的货郎，尽管那吆喝声洪亮悠长，充满了诱惑，但孩子们都认为，甜香淡黄的蜂蜜是为病人和老人准备的。

城市篇

学校门口的摊贩最为诱人，因为他们都是卖糖果的。

传统方法纯手工制作。细长的叫糖棍，长约三寸，中空如丝瓜的茎秆。黄金大饼一样的糖块，是熬制的糖浆凝固后的形状，不知用的什么方法，海绵般的威化，入嘴即化，用刀切着卖。纯红薯糖稀制的软糖，黑乎乎的，切成麻将牌大小的方块，因用嘴咬着能拉出长长的丝，也叫粘牙糖。摊贩还卖一些时令水果，樱桃、棠梨、海棠果等，都是论个卖。

身上有时会有三五分的零钱，有给家里打酱油、买醋剩下的，还有挪用买铅笔橡皮资金的，再就是从大人衣兜里摸来的。虽然时常闹饥荒，也能打牙祭解馋。几个小哥们儿买了糖果相互交换，资源共享，其乐融融。一次，我兜里仅一分钱，可怜巴巴地买了根最细的糖棍，吃一半，一哥们儿跑来："今天没带钱，给咱吃点呗。"我说不给。那哥们儿大怒："哼，咱等着瞧！"第二天，这家伙好像发了财，给每个小哥们儿这样那样地买糖果，当然不会给昨天拒绝他的人，还显摆着把两块软糖放嘴里，拉出长长的丝，得意扬扬地说："嗯，好吃——"几天后，听说这哥们儿挨打了，因为偷了家里五毛钱。

合作社里有糖果出售。最直观的是柜台上一个个广口玻璃瓶，装满各色糖果。豌豆大的糖豆，带螺纹的螺丝糖……五颜六色的。糖豆一分钱十个，螺丝糖一分钱两个。糖豆的卖法很特别，木制的铲子上有十个凹坑，一铲下去，不多不少十个糖豆就会落入你的小手，在售货员阿姨怜爱的目光里，一个个糖豆被迫不及待地送入嘴中。

不同颜色不同味道，绿色的是薄荷味，黄色的橘子味，红色的玫瑰香，当然还有高档的大白兔奶糖，据说三枚就能溶成一杯香甜的牛奶，多少钱一颗忘了，反正是昂贵的奢侈品，参加工作以后才得偿夙愿。那天，和邻家孩子在路上拾到二分钱，没有像作文中写的把它交到警察叔叔手里边，而是到合作社买了四颗螺丝糖。因为是我捡到的，理所当然自己留三颗，但邻家孩子坚持钱是他先发现的，必须五五分，脸红脖子粗地吵了一架——直到几十年后，同学们聚会还以此事开玩笑。

虽然没有钱或钱花完又想吃糖的时候很多，但难不住想象力和适应性很强的孩子们。山楂丸酸酸甜甜的，好吃，只是在消化力极其旺盛的年龄，吃这个实在是口腹不可兼得。酵母素片，也叫“食母生”，味香略酸，越嚼越甜，可以大把大把地吃，不过它也是助消化的，吃多了后果可想而知。含化的喉片，治感冒嗓子疼，味道却甜，有事没事地装咳嗽说嗓子疼，缠着大人要喉片吃。实在没辙了，逮着糖衣药片解馋，含一会儿必须吐掉，因为里边极苦。那天被母亲发现了：“你没事吃药干什么？不要命了！”母亲大惊失色。被如此痛批一顿，知道了自己的行为的确有些危险。

最喜欢掺和人家的婚礼，不在意新娘子是否漂亮，热闹好玩也在其次。革命的年代婚礼简单，新郎新娘穿一身新绿军装，骑着两辆新自行车（如果能拥有或借到崭新的的凤凰牌，感觉就是当下的奔驰），在一些旧自行车的陪伴下就来了。男方的家门口，亲戚朋友街坊黑压压围一片，我们不会注意陪嫁洗脸盆里的红宝书，印着领袖像和大大的“忠”字的穿衣镜。噼里啪啦的鞭炮不重要，叙述深厚的无产阶级感情和祝愿领袖万寿无疆不重要，婚前新人的小道消息也不重要，仪式结束时主持人把喜糖撒向人群，这才是喜庆的高潮。大人们一般不会弯腰捡拾，孩子们却嘻嘻哈哈，泥鳅般钻来钻去，运气好能抢得六七个，然后聚在一起，美美地享受“劳动得来的成果”。

大舅结婚的前一天，亲戚送来两包糖果。黄草纸外加细牛皮纸绳扎的方包，每包足有一斤重，包上还压了张大红色的油光纸，放在厢房的桌子上，这可是喜从天降。白天人来人往的不好下手，好容易等到天黑，大人们在堂屋议事，我便以极快的速度溜进去，事后用大人的话说就是只见人影一闪。黑暗中凭着白天的精准定位，伸出小手，一把两把，一次两次，一包两包，都是水果硬糖，逃回自己的小桌旁，孙猴子吃太上老君的金丹一样，吃了个天翻地覆。

案子很容易破，因为作案者半夜就哇哇大吐，其中还有未融化的糖块作为证据。大人爱恨交加：“你偷糖的技术很高明啊，糖纸还方方正正的，里边的糖却不剩几个了。”

第二天躺在床上，回忆昨晚的甜蜜。一摸，口袋里瘪瘪的，后悔当时光顾吃了，为什么不往兜里装几块糖呢？

【后记】那已是四十多年前的往事了。记得当时父亲说，你们就是在蜜糖罐里长大的。的确，与上一辈的吃糠咽菜相比，无论是白面馒头、杂粮窝头、青菜咸菜我们都吃饱的，隔十天半月还会有鸡蛋大肉改善生活。今天的孩子们能想象我们当年对甜蜜的渴望吗？如今每到过年，招待用的包括大白兔、酒心巧克力、阿尔卑斯在内的糖果，年复一年地放在桌上，儿子看也不看一眼，只有老王我冒着血糖升高的危险偶尔吃一颗。多少次想学父亲，给儿子来次忆苦思甜，想想自己对父亲的话曾经也不以为然，算了。当年的孩子是无奈，现在也不想强迫孩子，式微的是某些特殊时期的特殊现象，对美好事物的追求不会改变。人们不到喜欢回忆的年龄极少回忆，真希望下一代到了爱回忆的年龄，记忆中多些清风天籁，海阔天空。

2013年4月

母鸡抱窝

小时候，每次听到母鸡“咯咯嗒”的叫声，就会得到一枚温热的鸡蛋。母鸡在专门为它搭建的窝里下蛋，一般是在鸡舍之上用砖石垒个方格子，里面放些干草碎布，养的鸡多了，可以并排垒好几个。

改革开放以前，城市允许养鸡。

春暖花开，有的母鸡长时间待在窝里，停止下蛋，俗话叫“落窝”。它们羽毛蓬松，翅膀下垂，发出“咕咕”的声音，似乎在说，我下的蛋哪里去了呢？当时已有机器孵化，小贩挑担叫卖雏鸡，母鸡孵卵可有可无。不少家庭采取措施，或用凉水把母鸡浇透，让它实实在在成为落汤鸡，或把其翅膀、尾巴和腹部的羽毛剪掉，变成阴阳鸡，让它几天后还得乖乖下蛋。国人有戕性抑情的传统，骗猪骗羊手到擒来，何况一只母鸡。

经不住我们兄妹的一再请求，父母终于同意让母鸡自然孵蛋，那只“落窝”的芦花鸡幸运地逃过劫难。鸡蛋是用灯光检查过的，橘黄通透的蛋内有淡淡的阴影，才能孵出小鸡。还要提高母鸡待遇，放倒一个纸箱，干草碎布还有棉絮铺得厚些，移至室内，避免风吹雨淋及黄鼠狼野猫的伤害。放了七八个蛋，母鸡如获至宝，小心翼翼地用嘴把蛋一个个钩到腹下，不断摆动腹部，让蛋放平稳，神圣的使命开始了。母鸡抱窝，不是发情，母鸡不再下蛋，拒绝交配，这是母性本能的爆发，自然界天经地义的母爱。

没良心的公鸡依然忙着打鸣啄架，追逐母鸡，孵化由母鸡单独完成。那时候我六七岁，强烈的好奇心让我经常观察孵化过程。头几次母鸡敌意甚浓，身体后缩、怒目圆睁，伸颈便啄。后来发现我没有恶意，经常喂它些米豆清水，还有青菜，于是怒吼变成了轻声的咨询。每隔一段时间，母鸡就会用嘴把蛋翻动一遍，“这是让蛋受热均匀。”哥已上初中，懂得多些。我好奇小鸡怎么还不出壳，有时从温暖的鸡腹下掏出一只蛋看看，母鸡也不拒绝，而是耐心地用眼神和低低的鸣叫催促我归还，然后把蛋重新翻动一遍。

那天一觉醒来，听到纸箱里有异样的声响，衣衫不整地跑过去，母鸡胸腹羽毛中探出两个毛茸茸的小脑袋，一花一白，米黄的细喙，黑曜石般的眼睛左右转动，打探着陌生的世界。见我伸手，小家伙急忙缩回妈妈的羽翼下。母鸡腹部的摆动明显增多，时而站起来检查蛋的孵化情况。已经出壳三四只，一两个蛋壳已被啄出黄豆大小的洞。“快来看，小鸡出来了！”我激动地大喊，哥姐都跑了过来。

“这只黄的是固始鸡。”“那只白的是来航鸡。”哥姐议论着。我知道那只花的是母鸡的亲生孩子。因为那时候养鸡多是当地草鸡，产蛋多的“来航鸡”、产蛋个大的固始鸡，我们都尊称为“品种鸡”，较珍贵。谁家的鸡抱窝，大人们拿各自的鸡蛋相互交换，而那只带花纹的小鸡，是母鸡抱窝前产的最后一枚蛋，我放进去的。一些禽鸟天然认为自己窝里的蛋当然是自己的，不知是鸡、鸟的愚笨，还是生物进化的精彩、自然界的大爱。

放学回家，小鸡已全部孵化。母鸡的前胸后尾及左右翅膀里面不时探出小鸡好奇的脑袋。先出壳的小花，更是跑到窝边，啄刨干草，常常被母鸡钩回腹下，好像在说“你这调皮的孩子！”到了晚上，我把母鸡抱出纸箱，奖赏它些大米(当时市民每人每月限供五斤)。小鸡有三只白的，两只黄的，两只花的，还有一只黑的。它们瞪着小黑眼打量我们，仿佛在说，你们是什么呀？然后就不理我们了，在纸箱里走动或互啄玩耍，天真烂漫。只有一只小白鸡呆立不动，闭着眼睛哀哀地鸣叫。我们猜测它孵出较晚，体弱。母鸡吃了几口美食就“咕咕”叫着要回去，它二十多天没出窝了，我抱它出来时觉得它轻了不少。抱窝，是母鸡的炼狱，它却无怨无悔。

小鸡的食物是蒸熟的小米，里面拌上些熟蛋黄。给它们喂食是极幸福的事儿，小米落在纸箱内的沙沙声，是开饭的铃声，小鸡纷纷钻出妈妈的怀抱，飞跑过来，啄食时发出的叫声，极为稚嫩悦耳。四五天后，母鸡带着孩子们出窝觅食。那时候，住房虽小，前庭后院却还宽敞，特别是后院，种几棵丝瓜菜豆，杂草不少，正是母鸡家族的乐园。母鸡用嘴把昆虫菜叶什么的啄碎，“咕咕”地召唤孩子们来吃，它则在一旁幸福地看着，若有哪只公鸡凑上来，即刻会被大义凛然的母鸡驱逐。有一次，我听到母鸡“嘎嘎”怒吼，只见母鸡展翅低头，鸡冠血红，颈羽也因愤怒而竖直，摆明了要拼命，百分百母鸡中的战斗机。果然，对面墙头上蹲了一只狸猫，不怀好意地盯着它们。那时候家猫也是散养，逮老鼠的，它总想以小鸡换换口味。

家里养鸡好多年，让母鸡抱窝只有这一次。我却接受了爱的洗礼，情的沐浴。母性的伟大，生命的神圣，青春的美好，在过往的岁月中历久弥新，感悟日深。为撰此文，上网搜了搜。看到一段老师带小学生观察小鸡孵化，学习生命知识的视频。七天、十四天剥开蛋壳了解孵化，毛细血管，跳动的心脏，血淋淋的残忍。上帝！小鸡还能活吗？为什么让孩子学习医学实验室的解剖课？对生命的漠视，是教育的误区，将会怎样影响孩子的身心健康，我不能想象。

对了，那只哀哀鸣叫的小白鸡三天后死了，现在想起来依然有丝丝伤感。

2015年12月

名书房记

古往今来，名士多有字号，其书房、居所也常用斋、轩、阁、堂命名。每次翻开他们的书，看到以字号署名，以书房名、居所名落款，还未读书，儒风墨香先至，顿生羡慕敬重之情。名书房，即给书房起名。

过去人们经常根据名的字义，再起一个名，叫作“字”，这个字一般是两个汉字组成，是对名的解释和延伸。号一般依据个人的志向兴趣而定。如李白，字太白，号青莲居士；苏轼，字子瞻，号东坡居士，都是耳熟能详的美名。现代人李宗仁，字德邻，出自《论语》“德不孤，必有邻”。陶铸的名字来自庄子“将犹陶铸尧舜者也”，真是取得自然天成，字简意赅。再说书房居所，《红楼梦》创作于曹雪芹简陋破损的悼红轩，清朝大才子纪晓岚的阅微草堂尽人皆知。宋人洪迈著《容斋随笔》，最初以为“容斋”是洪氏书房的雅号，谁知竟是洪迈本人的号，一字涵盖大千，海纳百川，有容乃大，堪称亦号亦斋的绝配。

我的名字平淡，父母所赐，也不愿再取字、号，只是年逾五秩，所以自谓愚叟。近日乔迁，有意效仿古人，给书房起名号。奈何腹中墨水有限，尽搜枯肠，憋了一个多月，也没有想到中意的。近来连日阴霾，心中沉闷郁结。那天一夜东风，次日天清气朗，临窗眺望湛蓝的天空，心情大好，“晴心”二字跃然而出，本人虽然文才有限，不知道有没有古籍典故与之照应，但心中已认定它。

晴，天空无云，晴朗温暖，与阴相对。延伸开来，心地晴朗的人必是善良开朗、豁达磊落之人。自古择贤重德才兼备，而德在先，德，就是品行，代表光明正大。才，是知识技能，是普德于世的工具。以德御才，出正能量，以才凌德则相反。知识技能相对易学，而仁义忠勇、光明磊落的修养则是终身之事。古今奸恶之人阴险狡猾，言语或不乏冠冕堂皇，行为上却祸国殃民；那些戚戚小人，内心阴暗，锱铢必较，损人利己；像我们这样的常人，也常常纠结于繁杂世事，烦恼忧伤，实在影响生活质量。“晴心”，让心情光明些，思想深刻些，行为磊落些，做到晴、情相通，还真不太容易。

我一生如名，平淡无奇，儒者向往的“三立”（立德、立功、立言）一立难成。但读书修身的原意，是阳光做人，清白做事，进则济民，退则善己，如此而已。

因书房在二楼，就叫“晴心阁”吧。

2013年3月

新春的第一个祝福给你

年前年后，收到很多贺卡和祝福短信，有同事的、朋友的、同学的、亲戚的，祝福的内容有抒情的、叙事的，可谓丰富多彩。拆阅贺卡和收看短信是这几天必不可少的事情。过年真好，沉浸在友情、亲情之中，真情满满。

往年每条都会回复，来而不往非礼也。今年却感到为难，那些把除了万寿无疆之外最美好的词汇都用遍的祝福信函，哪一条能代表我的感谢，我的感恩，我的心情？也许每一条都能代表，但哪一条也不能完全代表。有时想干脆写首诗吧，想了很久，眼前飘过的仍是那一组组华丽的辞藻，没有灵感。就像天天吃着香甜的中秋月饼和粘牙的祭灶麦芽糖，再让你品尝蜂蜜一样。

过去的一年你都做过什么，当得起这些可亲、可爱、可敬之人如此亲切甜蜜的祝福吗？我惶恐。当又跨越一级生命台阶，回首凝视时，一年里有多少是绿色的奉献，有多少是清白的作为，又有多少是灰色的虚伪自私呢。还是像一则短信中所调侃的：咱这人实在，有话让人先说，有事让人先做，有背让人先驼，有地板让人先拖，有耗子让人先捉……

新的一年你又将做些什么，才能不辜负这些美丽、善良、温暖的心？我畏惧。假如你在过去的一年为大家做得太少，为自己想得很多，你将如何面对新年的第一缕春风？假如你已经尽力，你将如何一如既往，或者让自己的思想再深刻些，行为再有力度些，让大家对你的期望值再高一些，使自己不自满，更充实？

一年里有很多的成就和遗憾，一年里也有太多的抱负和无奈。辞旧迎新的时候，既是你走亲访友、把酒言欢的时候，更是你回忆总结、思考谋划的时候。一桌丰盛的年夜饭，既不能照搬去年，又不能没有饺子。主题不变，菜单需酌，目的是让大家都感到幸福快乐。其实每一个祝福既是一番美意，更是一种期待。

新年过后第一天上班，大家见面都会说新年好。我想这是最简洁直白的祝福，包含了万语千言。就像诗人面对大海，长啸一声：啊，大海！这一声呼喊便抒发了无尽的情怀。那无数华丽辞藻组成的祝福信息，其最核心的内容，是新春幸福。但仅仅用四个字以书面或短信回复别人显得枯燥，缺少诚意。新年伊始，什么都是新的，新的工作内容，新的事业开始，连亲朋好友见面也如久别重逢般。那么新年的祝福也是新的，是第一个祝福。有了，新春的第一个祝福给你，概括的内容可能更多些。

祝福是美好的。首先，是排他的，每个人对这个词都会有亲切感和归属感。其次，是大众的，新年的每一个人都会发出第一个祝福，许下第一个心愿，着手第一件事情……

2008年2月

大乘公交

佛教有大乘、小乘之分。乘，有车子的意思。小乘佛教教义深奥，注重独善其身。小乘是小车子，如满街跑的轿车。大乘佛教的宗旨是普度众生，要把更多的人度到幸福极乐的彼岸。大乘自然是大型运载工具，以公交喻大乘，应属贴切。

火车飞机等也是大乘，但一般市民很少远行，而公交几乎是每日必需。乘公交有候车之苦，但上了车，尤其在人不多的时候，在后排坐下，即可亲睹一幕幕活剧，映衬出大千世界，因果佛俗，颇与佛理劝诫不悖。

经典情节是给老人让座。随着“老年卡”的电子声音，老人一般都会得到座位。奇怪的是，老人上车，年轻人起身，没有语言也没有表情。老人有时说声谢谢，有时一个谢字也没有，就欣然入座，动作似已程序化。是心照不宣，还是道德约束使然，不管怎样，受者得关爱，施者有觉悟，确是大乘公交的教化之功。

若说让座有舆论基础，另一些事情让我感到无言的教化。有次几个年轻人一上车就大声喧哗并抽烟，司机说把烟灭了，几个人凶巴巴地瞪着眼。随着烟雾漫延，车厢很安静，大家的目光不约而同地注视着他们。几个人感到气氛不对，看了看大家，又相互看看，先后把烟扔出车窗外。下车时有个小伙子回头看了一眼，好像在说今天真是邪门了。大音希声，大象无形，释道相通，正道无畏，无就是有。

学生卡很优惠。这次有五六个小学生叽叽喳喳地坐在我身边，其中一个小声对同伴说："我的卡没响(刷卡机鸣叫确认收费)。""你真能。""明天我告诉老师！""我不是故意的。""谁信啊。"一会儿孩子们都沉默了，天色已暗，车厢后部颠簸得很厉害。那逃票的学生到站了，他在车门口犹豫了一下，最终没刷卡，也没和同伴打招呼，下车了。我想小家伙肯定没了省钱的快感，小小心灵经历了道德震撼，不知他下次上车是否会刷两次卡。

可能司机都喜欢抢红灯，节省时间或能源。那次红灯亮起，司机不得已急刹车，整车人便东倒西歪。一位老人摔在地上，司机见闯了祸，急忙停车扶起老人，也不管后面的车鸣笛催促，伺候亲爹一样："老先生您没事吧？"老人摸着腿："看我能不能走。"司机怕了："给您买瓶红花油，要不去医院看看？"我见过自行车相碰，有的人不管有事没事都躺在地上不起来，司机肯定也想到了。老人试着站起来："没事，快开车吧，后面的车都等急了。""谢谢老先生，实在对不起。"司机如释重负。其实，包括我在内，胳膊腿也很疼，见司机对老人挺好，大家也消气了。错而能改，善莫大焉，最可贵的还是老人的慈悲和宽容。

另一次的气氛就不和谐了。一个年轻人投币后，司机说："车票一块五，再投五毛。"年轻人说："我投的就是一块五。""你只投了一块。""我把五毛包在一块里了。""少来那一套。"我听着好笑，换我宁愿再投五毛也不愿被人当众斥责。还有，那天车上人多，停车时一位男士急急忙忙下车，一位年轻女士突然破口大骂，说他是流氓，临了还向已下车的男士吐口水，那男士回头想说什么，车已开动。大概是男士下车匆忙，碰到女士的敏感部位，是有意还是无意，除了那位男士谁也不知道。五毛钱虽小，却反映了人的职业坚持和基本道德，不知是司机火眼金睛还是余光有误，也不知是年轻人按价付费还是有意逃票，这五毛钱和"性骚扰"的真假官司恐需佛祖评判。世无魔，心有魔。

不说风凉话了，下面谈谈自己的经历：一次碰上了熟人，这哥们儿一上来就问我，你怎么坐起公交了？我便打哈哈，用你去哪儿和最近怎样之类的话反问人家。不知怎的，我有些脸红，承认常坐公交很丢人？自己不是普通大众中一员吗？无论你现在或曾经有多荣华富贵，人生如梦，跌宕起伏，这才是生活的真实，也是自然的回归。想想这种虚荣还不如别人吸烟吐痰来得爽快。心灵不净，妄念即生。实事求是，胸怀坦荡，真的要从小事做起。另一次是车上人多，我给老人让座，下车后却发现钱包没了，那可是几个月的零花钱啊，顿足骂娘也没用。看来道德教化的作用有限。昔时佛陀割股饲鹰舍身喂虎，也不知鹰好不好意思，老虎肚子痛不痛。自己被动出点血无话可说，有便是无嘛。

车厢是浓缩版社会，是心理实验和道德碰撞的平台。如上车后人们多数会抢占座位，只有妙龄女郎宁肯站着也不愿和邋遢男人坐在一起。尊老爱幼、舍己为人是来自道德层面的激励，放任陋习、损人利己会受公共价值的约束，但你不能指望一天或一年就让社会道德净化和升华。《红楼梦》中宝玉顿悟，遁入空门，前提是他有刻骨铭心的生活经历。

佛家有一种修行方法叫"方便渐次"，意思是通过各种方法逐步深入佛理，使大众生命脱离诱惑而觉悟。人们正是在这大乘公交上无数次感悟善恶是非，一点点积累觉悟，积聚正气，形成无形而厚重、无声而万钧的慈悲和谐，就像给老人让座成为习惯一样。我不是佛教徒，只是在不断经历和感悟这个特殊的小社会、小宇宙。

我与一位小车司机很熟，他说开车有两怕：一怕交警，二怕公交。我不解。"那家伙不让路，你碰它，它没事，你的车却要住院。"当时觉得好笑。后来在公交上见小车乖乖跟在后面，心里便有些相生相克的感觉。回头一想，就如佛理上的"凡圣同源""凡圣同依"，世上原无高低贵贱，大乘小乘，殊乘同归。佛家讲百年修得同船渡，相遇即有缘，过去讲四海之内皆兄弟，现在说社会和谐，都在经历到达目的地的过程。在这个过程中，开车的也是坐车的，坐车的也是开车的，只是坐车的开的是精神的车，开车的坐的是行者的位，没有区别。推而广之，整个社会不也是一辆隆隆前行的大车吗？

大乘之行，如是我闻。

2009年5月

写封信吧

日前，一位同事感慨地说：“同学托我办个事，打了电话不放心，又专门写封信，真有意思。”开始我也觉得此公迂腐，托人办事怎么能这样呢，可再一想，写一封信就多了吗？

现在写信的人真是太少了。岂止写信，除了签字画押，动笔都很新鲜。也难怪，一般事情打个电话，发个短信，内容多了发邮箱里慢慢看，要不然见面吃顿饭，沟通沟通问题就解决了。信息时代技术进步，信息交流还会有问题吗？但信呢，用笔，用纸，用心写出的信，从老祖宗时期到今天一直使用的信呢，还是不是信息时代的内容？如果是，那它一定是被兔子远远甩在后边的乌龟，渐行渐远，野渡无人舟自横，难怪同事对一封信感到意外。

记得小时候，家里与亲戚们保持联系的唯一方式就是写信。每隔几天，父母会带回一封家信。爷爷上过私塾，用的都是繁体字，很多看不懂。舅舅是小学语文教师，写得一手好字，经常辟出专版跟我们小孩沟通。书信主要是询问我们的学习和生活，并将那边几个表兄妹的情况详加介绍：考了多少分，得了什么奖，家务活谁偷懒等，每当听父母念这些文字，我们不住地欢呼雀跃，见信如面有了最好的注释。

当时打长途电话或发电报都要到邮局，没有天大的事谁也不会去。夜晚听到摩托车的轰鸣声由远及近再由近及远时，我们就猜测谁家出了大事。第二天一般都会听说谁家收到了“父病危，速回”之类的电报，似乎西王母又从美女变回了巫婆，她的青鸟不会带来好消息。因而印象中电话、电报是高档奢侈的东西，高速传递是那么神秘，遥不可及。而信，几张薄纸一枚邮票，如鸿雁往返穿梭，传递着人世间的喜怒哀乐。

我上大学时，下课后的第一件事是跑到信箱（实实在在的木制箱子）旁，其他当兵的、上学的、务工的也差不多。接到对方的信，都细心潜读，继而运心智、展文采、工版面，社会现象也好，个人心事也好，男女朋友也好，都会亦俗亦雅，亦诗亦文地恣情挥洒。到现在同学见面都会问一句那些信还在吗，回答都是肯定的。聚会时还能引用一两句当年的“典故”，会心地开怀大笑。只是连我也不清楚从什么时候开始很少动笔写字了。有一次，心血来潮想给同学写封信，但写出来感觉词不达意，字也写得东倒西歪，真是邪门。大概纸笔和文凭一样都是敲门砖，用过以后便束之高阁。

古代人写信很规范。议事、叙事的叫“书”，李斯的《谏逐客书》、司马迁的《报任安书》、嵇康的《与山巨源绝交书》等都是千古名篇。传递信息的叫“帖”，流传下来的王羲之的《快雪时晴帖》、王献之的《中秋帖》、王珣的《伯远帖》更是书法精品、艺术瑰宝。因而可以想象古人写信，无论是书是帖，必是正襟危坐，凝神静气，理智情感灌注其中，无论是上对王侯，平对同僚、朋友，概莫能外。书者，思于心，言于纸，表于人也。写信是个人道德文化素质的体现，是推介自我、尊重别人的重要表达方式。我们现在阅读古文，会有厚重感和震撼感，我想这与古人崇文尚礼的精神修养不无关系。

过去写信很平常，很少有人留心自己是怎么写信的，只是为了沟通交流。现在不写信也正常，也不是不写信，只是换成了电话、短信、电邮和博客之类。科学的进步又让西王母变回了美女，出门忘带手机会觉得少点什么，像吸烟人没带火机一样浑身不自在。回想过去写信的情形，无论是对长辈师尊，还是对同学同事兄弟姐妹，动笔前都要认真梳理一下思路，如何遣词造句，如何抒情叙事和立论推理，都要下一番功夫，目的是能充分表达自己的想法而又让对方接受，同时有意无意地展示自己文化修养等软实力。我翻了一下过去自己的信和别人的信，凡是有事要说的，不管信的文字水平高低，都体现了当时逻辑思维、语言表达乃至书法技巧的较高水平。不是吗？这可是你要表达宣泄、要寻觅求索的时候，不露一手行吗？白纸黑字，将来可作呈堂证供。小时候常半夜醒来见母亲在灯下写信，不解地说，写一封信花那么长时间。母亲说，你还不懂。到了我能写信表达重大问题时（包括情书），才真正体会到写好一封信并不容易。像《傅雷家书》，被人视为经典的《曾国藩家书》，伏尔泰的、培根的以及多位中外大家的书信往来，皆是其思想文化成就的重要部分，我们真不知是要钦佩哲人们的睿智灼见还是感谢当时落后的通信方式——现在有事没事逮着手机侃一通，谁还傻乎乎坐下写信呢。

我并不反对使用现代通信方式，不会顽固如伯夷、叔齐一样跑到山里不食周粟而死，再拾起纸笔回到过去的沟通方式已无可能，但能做到的是与人交流有敬畏之心。当今网上动辄数以万字计的“写手”恐怕是不会在稿纸上写的，上博客，若是先写再敲，交流起来并不方便。因而即使不在信笺上打草稿，也要打腹稿，在精神上正襟危坐地梳理大千世界，然后才能拿出像样的东西与别人交流，这样或许还会减少信息高速路上的塞车。况且有时候，书写文字是必要的，如过年时收到一封手写贺卡，感觉和祝福短信大不一样。其实，写在纸上与否并不重要，写的水平高低也不重要，重要的是修身做事，修身做事要像给你尊重的人写信一样，立意明确，内容翔实，情感真挚，方法周全，少一些浮躁，多一些沉实，少一点调侃，多一点文韵。这样即使你的东西成不了千古传诵的名篇珍帖，也起码不会成为被人随手删除的垃圾信息。

2009年8月

与猫为邻

去年春节，回老娘家小住。家在一楼，东墙有窗，视线却被围墙挡着，只留下半棵绿树一角蓝天，两根输热管顺着墙架设，裹着厚厚的保温材料，双管并排，很宽。

好几年了，几只流浪猫常卧此晒暖。确切地说是取暖，因为十冬腊月，晒太阳大可找个背风向阳的草丛，不必在此苦挨寒风。猫儿定是感到了热源而在此享受热炕。

年货很多，尤其是大鱼大肉。大家胃口一般，只想吃素的。望着昏昏然的猫，我突发奇想，开窗，把一鱼头放到外窗台。猫四散惊逃，却禁不住香味的诱惑。管道距窗台很近，也有落差，虽是嗟来之食，张嘴吃到却不可能。猫双眼放光，低头弓背翘尾巴，嘴里发出低沉的呜呜声，焦躁地折返。吃，还是不吃，这确实是个问题。

终于，一只猫扑向食物，动作轻盈，准确地跳进只有十几厘米宽的防盗栏杆。稍加嗅闻，便大嚼起来。借机观察，这猫黄尾黄耳，其余部分洁白，一蓝一黄的眼睛显示它可能高贵的出身，鼻子边还有颗痣。生存的要求高于对陌生事物的恐惧，正确决策带来丰厚的回报。猫相继跳进来，毛茸茸的背部在窗台蠕动着。我得意地回头，让猫的吃相回答了野猫不近人的成见。随后几天，大家喂猫成为常态。

上班后，我已淡忘喂猫的壮举。一周后回家，进门就看到窗外的猫儿，便说："猫还在啊。"妈说，你可给我找了个好活儿，每天还要伺候它们。我说："有剩饭处理了就是，它们饿不着。"妈说，你说得轻巧，怪可怜的，你以为让它们吃一顿好饭就积德了？唉，人做一件好事并不难，难的是……妈把这事上升到积德行善的高度了。

姐在家的时间多，评论这猫霸道，那猫害羞，有的来过几次消失了，还说这猫是土耳其的品种。我只知道外国有波斯猫，网上一查，真有，土耳其梵猫！黄尾黄耳白身子。一哥们留言，种猫，配一次两千元。猫食是肉汤碎馒头面条。没有荤腥猫儿不吃，妈说。我说，狮虎豹等猫科动物可是一点粮食不吃，它们吃点粮食已算进化了。这几天夜里猫儿叫得厉害，让人睡不着，妈又嘀咕了几句。

过一段时间，管道上出现了五只小猫。娇小玲珑，二十厘米大小，真不知它们如何上这么高的管道。三只小猫有明显的梵猫血统。妈说："上个月我送对门邻居一只，宝贝似的养着。""你能逮着它？"我奇怪。"天天喂它，猫小不怕人，开窗就进来了。不像那只大猫，在外面跑惯了，很少进来，还要有好吃的。"妈看着我说，说得我脸上一红。

姐夫说，同事也想要一只梵猫。对，要鼻子边也有颗痣的那只。特地留了两个肉丸子，放在窗户内侧。小猫几经犹豫，还是进来美滋滋地开吃。随着窗户的关闭，柔弱的天使顿成愤怒的精灵。它厉声尖叫，扒着窗户上蹿下跳，犹如世界末日来临。啊一声惨叫，姐夫松手，手指鲜血淋漓。小猫还在凄厉叫着蹦跳着，我打开窗，猫儿疾冲而逃。冲洗完伤口，碘酒消毒，看来还得给防疫站贡献几百元。人类先祖用了多少时间把野猫驯化成家猫，现在人们不经意间又把它们置于回归的路上，流浪猫应是野猫和家猫的中间形态，过程很残酷，如贵族子弟沦落到路边乞食，多少只被淘汰了，留下的都是成功者。像这只小家伙，在野性母亲的教养下，短短一月，学会了多少生存技能。与猫为邻，已不仅局限于传统意义上的积德，也是一种人生感悟。

小猫长大了，猫的队伍已达到九只，包括那只逃走的美人痣。猫休闲时不停地梳理皮毛，蓝天绿树，阳光下白白黄黄地卧了一片。我想，这慵猫野栖图的另一面是它们暗夜草丛中敏捷的身形，尽管双颊清瘦憔悴，绒毛因污垢而粘成丛丛尖刺，但它们从未停止过舔梳。想起了歌剧《猫》，杰里科家族和格里泽贝拉的“回忆”：如果你碰碰我，你会了解什么是幸福。

见到了送人的那只猫。它优雅慵懒地卧于邻家窗台，金耳玉身，体态丰腴，双眼分别闪着蓝宝石和琥珀般的光。见我，“喵儿”一声，亲切地打了声招呼。

2012年12月

辑三　点破清光万里天

冬之初雪

冬，有雪，入冬第一场雪是初雪。

初雪很有诗意，如莺飞草长、荷花映日、金菊傲霜一样，青松寒梅有雪为伴，方为完整之自然四季。雪也可保墒，使作物免受干旱；湿润空气，预防上呼吸道感染等。有初雪就会有再雪，这很自然。怎能想象夏天只下一场雨、秋天仅刮一次风呢？可今年硬是一冬未雪，立春后才降下这场初雪，或许是今年的末雪，老天好像刚想起这里也有冬天。冷寒浓霾中，说不出的萧索沉郁。所以开篇先说些大白话。

听到孩子们的欢呼，就知道下雪了。从楼上看孩子们蹦蹦跳跳的，继而是大人们，也孩子似的跑出来，有独自的，有双双对对的，有带孩子的，拍照、打雪仗、堆雪人，很传统的雪上娱乐，积郁一冬的块垒都要宣泄出来，激情溢于言表。雪花飞舞，呼喝声声入耳，真正的娱乐会一代一代传承。

说起传统，“瑞雪兆丰年”是最传统的雪颂。过去生产力低下，雪厚墒好苗壮病虫少，来年麦子的收成会好些，所以人们“心忧炭贱愿天寒”，宁愿寒苦些，出行费力些，也要“燕山雪花大如席”，祈祷瑞雪如期而至。那时候每当大雪飞扬，大人们都会念叨“麦盖三床被，枕着馍馍睡”。孩子们则雪中疯跑，“下雪喽，下雪喽，下白面呀下白糖呀，白糖白面装满箩喽！”这些好像都是昨天的事。文人雅客对雪自然钟爱，为那些洁白的、絮舞的、玉树琼花的雪而击节咏叹，“白雪却嫌春色晚，故穿庭树作飞花”。每个人都有白雪情结，雪让事物变得充实、纯洁、丰满、柔和、轻灵，“盖尽人间恶路岐”，继而糅合为审美陶醉，呼唤着人们潜意识中的心灵家园，这些总是让人感到亲切顺畅。

过去冬雪频繁，存续了许多经典的风景：着厚冬装溜冰滑雪很是惬意，摔几跤也乐此不疲；支起的竹筐箩下撒些米豆，看饥饿难耐的雀儿进入陷阱，也很有成就感。尤其是大年初一起来，白雪上铺了一片片鞭炮的纸屑，鲜红鲜红的，白雪红梅，是大地的写生。现在恐怕除了老人，大家宁愿摔跤也不愿一冬无雪，因为大家不愿看到焦虑的母亲守护发烧的孩子，不愿听到该死的流感病毒，更不想让浓雾重霾堵在眼前。当代人的法力扰乱了自然，罗布泊从湖泊变成沙漠才一千多年。

家里老太太足不出户，却爱看天气预报。沿海台风，哎呀哎呀地担心渔民怎么办；南方大雨，害怕会不会发大水；北方雾霾，一定要我打电话让孩子开车当心些。“现在的天是咋了，人是咋了，旧时候说天人感应，谁得罪谁了？”每当看到极端天气，老太太总是这样唠叨。真是身在斗室，胸怀全国，放眼天下。今冬陪着看多了，发现全国下雪多的地方也就那么几个：新疆的阿勒泰、伊犁，内蒙古的呼伦贝尔，东北的兴安岭和长白山，西藏的阿里山南等。这些地方我去过不少，自然环境绝好，上帝会格外照顾些吗？当然，这与北美今年的奇寒暴雪无关。人们需要自然之雪的心灵洗礼。

雪化了，第一天，雪没撑住，第二天雪也在滴滴答答融化，如织女牛郎之泣别，有些晚，毕竟立春后了。我想，絮飞杨柳，寒雪红梅，风调雨顺，瑞雪丰年，这已稀缺的自然现象，我们如何才能虔诚地请回来呢。

占得一首：

冬来旱寒久，一朝朔阴长。
雾重日如橘，风轻霾成霜。
麦青恨尘厚，人瘦怜气殇。
昨夜约彤云，玉龙作我狂。

2014年1月

洪荒之舞

一

西出银川，九曲黄河渐远，植被渐渐稀疏，广袤的戈壁张开了雄浑的赭褐色的胸膛。视野变得简单，无垠的原野与蓝天交汇于极目之处，把蓝天濡染得发黄。下午两点，我们已在阿拉善左旗，额济纳还在千里之外。无尽的戈壁没有参照物，偶有深色沙丘从车窗掠过，车在颠簸，感觉沙漠也随之起伏，几乎没有会车，因为车头都朝着同一方向。

“这真是个鸟不拉屎的地方。”同行的朋友颇感郁闷。“咦，还有一片儿水！”大家注意到每隔几十公里会出现一泓水洼。停车，水浑浊，却是生命之水，周围都是动物的蹄痕。深入戈壁百十米，到处是散乱的石头，白色、黑色、暗红和杂色的，其中白色和暗红色的石头很像玛瑙，椭圆，看来大漠的风沙和山间溪流一样，都是石头的研磨师。或许我们内心都不喜欢荒凉，而此处的荒凉触痛了心中的禁区。问题是现实的荒凉是天籁之物，自然的沙石、草木、风霜造就原始的雄浑，而我们内心的瘠薄荒芜，恐怕源于人性恶的部分，承认残酷和瘠薄的合理，甚至拒绝真善美雨露源泉的滋润。

“这儿也有动物，沙鼠、獭兔、野骆驼，还有苍鹰。那一丛丛的荒草，小的是骆驼刺，大的应是红柳。我穿越过甘肃、新疆等地，当地朋友介绍过。不管咋说，这也是一景啊！”朋友边介绍边张开双臂向日迎风，衣袂飘飘。老子说，大象无形。佛说，无就是有。我说，至景若无。苍凉的大漠，亘古宏博而盛大，悠悠我心。渐渐地，夕阳接近地平线，硕大通红，长河何处，狼烟无踪，直是大漠落日圆。

二

在西北戈壁，一条或数条河流，因地势流淌于茫茫荒漠，舞动金绶银带，演绎出一大片葱茏，灵水所抚，万物茂然。这条河叫弱水，在额济纳，确切地说是在达来呼布镇，佳人惜英雄，王子遇公主，“凌波微步，若往若还”。十月，是与金色胡杨林的约会。

壮丽的胡杨林连成一片金色的海洋，弱水“徙倚彷徨，若将飞而未翔”，蜿蜒往复。随着河水的柔肠百转，千姿百态的胡杨布满两岸，碧水如镜，倒映着蓝天，与金色的胡杨相映，成为一幅对折的画卷。我们为它而来，如织的游人趋之若鹜，仅仅是为那形态和色彩吗？这是一种宁静婉约，深入到人心最柔软的地方，让人产生一种迷恋，一种恬适，一种翩然。它此刻全身凝聚着阳光，美女临河梳洗，把春夏美好的时光娓娓道来。这是张扬怒放，故乡一夜头白，西风起，朔气升，满树尽带黄金甲。它怒放，让人激愤，时空交错，横刀立马，让人踌躇励志，闻鸡起舞，渴望建功立业，渴望如交响乐令人亢奋的高潮。这又是朝拜洗礼，带有萨满祭礼的虔诚，物性在这里神化，成为人性化的借喻，成为三千年的坚守，让人在肃穆玄秘中感悟，在动静交替的画卷中沐浴。无须穿越，我便看到了三千年前和三千年后的世界。

"真美啊！"这是我听到最多的话，直白而深刻。

三

右手的路通向怪树林。真正的怪树林距此二十多公里，这里有怪树零散分布，可窥全豹之一斑。所谓怪树，是枯萎死亡后的胡杨，不倒、不腐。人们习惯赋予自然景物人文内涵，比如某座山峰岩石像神佛、人物、动物等，让景物贴近生活，更助飞想象，情景交融。眼前的怪树，或仰或伏，或曲或折，或高或低，如泣如诉，纹理色彩写尽沧桑。在此，文人墨客会汗颜。也许，怪树林这个极普通的名字就说明了他们的无奈。这是集各种线条、形状、风格之大成，汇坚忍、柔韧、张力于一体，演绎着渴望、肃穆、悲凉、沉寂、抗争的故事，是英雄舞剧终场的定格造型和特写。它们可能是寿终正寝，也可能不是，因为同样粗细的胡杨依然枝叶茂盛，笑傲寒暑风沙。我拍了一张逆光照片，大树腾起，昂首向天，躯干虬结，肢体张扬，如问天的末路英雄，留下生命最后不屈的表达。这是景色，也是英雄悲剧史诗般的凝固。自不量力，我题之为“黑龙啸日”。

穿过红柳海。这里奇迹般生长着大片红柳，三三两两的胡杨倒成了路人、旁观者或者监护人。红柳耐旱，丰水时自不必说，缺水了咬牙忍着，实在不行就地扑倒，变为细细的筋脉枯条。海，是众多的同一性的存在，这里的红柳很幸运，有弱水的滋润，成为荒漠中歌舞升平之地，成为巴丹吉林沙漠中的拉斯维加斯。而它们戈壁滩上的同类，或部落般啸聚，或孤独地生存，相对于骆驼刺和唐诗中的白草，它是高大的，需要独自撑起一片天地，与狼共舞，沙漠守望，迎接无休止的风霜雨雪。人们赞美它，是因为它有与胡杨相同的或另类的坚守，是同一舞剧中冷色调的另一幕。

四

弱水，柔弱的水，方块字的魅力，在“弱”字中绽放。洁白无瑕，柔情万种，至弱而至情至性，怎一个弱字了得。

与之相对的是沙漠中的英雄树，即胡杨，这不是植物学的称谓，意义不言而喻。这里的胡杨散布于小丘沙埂，一棵棵，一排排，一片片，确实如一支支英雄队伍，或整齐如队列，或如散兵作战队形。它们似遵循一定的规则分布，分隔它们的是大小不一、深浅各异的坑洼，有些底部已龟裂皴卷，不久前应是一片儿水洼。遥想当年，弱水如美女柔荑，痴恋于树的伟岸坚强，于明月中相守，于艳阳中升腾，于风沙严寒中静默。所谓一千年不死，所谓高大挺拔坚韧，都会折服于弱水秋波，英雄的倒影，就是英雄的另一半。但这里已没有倒影，因为水洼无水，美丽的眸子黯然无光。如洛神清婉的舞姿，诉说着“虽潜处于太阴，长寄心于君王”的幽怨。

或许在特定的时候，会有些水来续命，成为某种恩赐，是英雄无奈，或是让英雄更英雄？我喜欢活生生的胡杨，也敬佩胡杨的不倒不朽。那些不倒不朽的英雄，应该是死在冲锋的路上，或死于弹尽粮绝。在英雄的祭坛前，我们不断重复着崇敬虔诚的悼词，却很少反思如何让英雄们像常人一样活得再长些。不远处，我听到河水的流淌声，是一条混凝土建的渠，径直穿过英雄林，流向远方的农田。我想到天河，想到牛郎织女。很早以前的印象中，新疆塔里木河两岸是胡杨的盛宴，引水灌溉后，塔里木河断流，下游大片的胡杨林枯萎。网上查额济纳旗的资料，同样的事情也发生在弱水，我们今天见到的胡杨林，不过是当年的几分之一，还好，情况现在已得以缓解。只是，弱水之舞已有些孱弱生涩。

五

河流奔向大海，靠的是百折不挠的勇气和些许运气，汇入大海是永恒，也是解脱。河流上下求索，痴心不改，明知大海在万里之外，却抱着奔海的信念，在适合自己或上苍安排的地方安顿下来。弱水的归宿在居延海，或者说新生在居延海，它不会解脱也无法解脱，确切地说是宿命。相比在荒漠中走到生命尽头的同类，弱水的归宿是圆满的。承受了太多的磨难，经历了如此的缠绵，弱水经营着自己的家园。由飞天般柔美的舞者，变为宏大高贵的圆舞盛会的主人，这是生命的华丽转身和情感信念的无私升华。

我们去的路上风沙骤起，天地混沌宇宙洪荒，天尽头，何处有芳丘？车到门前才看清，景区大门是山寨版的古时屯兵守边的碉楼。风沙为它裹上神秘的面纱，眼前只是蜿蜒着一条二十多米长（能见度）的小路。天子八骏的周穆王来过，骑大青牛的老子来过，对应的是神话和传说。这个地方值得他们来，值得他们滞留，演绎美妙凄婉的爱情故事，探究“非常道”的思辨。居延海是“蓦然回首”的丽人，一下把你紧紧抓牢。任何陪衬都是多余，亭台楼阁，琉璃飞檐都是画蛇添足，名人题刻就是“到此一游”的涂鸦。

清清一汪水，天然去雕饰。陪伴它的是芦苇、鸥鸟和鱼，与它生死相依。此时，风沙是乖巧的羔羊，是青衣舞女的龙套，是飞天燕鸥的侍者。这里，有着荒芜与繁茂、贫瘠与丰腴最明显的边界，却统一于碧绿、金黄、湛蓝、彤红的调和，日出日落的霓霞，春日的云冬日的雪，见证着万顷碧波，浩荡苇堤。此时，我们走进神话，看到了西王母与周天子缠绵恩爱的瑶池；走进历史，看到了匈奴人、党项人、蒙古人、汉人的烽火狼烟，毡包古城；走进哲学，领悟“一生二,二生三,三生万物”的“一”。立足现实，是它的雍容仪态，它的荣枯，“嘉命不迁，我惟帝女”（《西王母吟》），永生于此，千万年来的洪荒之美依然。

陆澄问阳明先生：“世道日降，太古时气象，如何复得见？”解曰：“此心清明景象，便如在伏羲时游一般。”此时如感“人平旦时起坐，未与物接”（《传习录》）。风沙不知何时停了，我感到血压平稳，头脑灵光，立于夕阳蓝天下。

我们从尘世来，难得这番自然的清明，我们将归于尘世，从此心中演绎着洪荒之舞。

2016年11月

点破清光万里天

进入理塘境内，蓝天白云陡然生动起来，河流山川草甸湖泊似乎与云天没有距离，云满天，云遮山，云铺草原。

理塘县位于四川省甘孜藏族自治州西南部，历史上曾隶属吐蕃，平均海拔超过四千米。在高原反应和旖旎风光的共同作用下，感觉飘飘然、醺醺然，“天空中洁白的仙鹤，请将你的双翅借我，我不往远处飞，只到理塘就回。”这是当年仓央嘉措在拉萨的期望。此刻，我们正从理塘驰往拉萨。

高原的夏季，云是天空的主角。高原的云，是立体的、多姿的，也是纯洁的、祥和的。它以广袤的蓝天为底色，蜡染的浸润、水彩的缥缈、工笔的雕描尚不足形容高原云天的飞扬神采。说实话，低海拔地区的云虽也多姿多彩，但必须仰视，少了层次感，如宝塔的塔尖，有些遥不可及。而高原的云只需平视，与你等身，壮阔无边，若即若离。“荡胸生层云”，“云生结海楼”，经典的描述在这里似显苍白。如果李白不是出蜀道入秦川，杜甫不是下襄阳向洛阳，而是上理塘到巴塘，走波密去拉萨，相信会有更精彩的诗句。

我想到青花，白釉的底子，人工的青花。高原的云天则是蓝天的底子，天工的云花，而且大的白云似虎踞龙盘，汪洋恣肆，小的如鱼跃鹤翔，轻灵飘逸。天似穹庐，又似一面硕大剔透的蓝色盘盏，铺洒万千气象，变换着奇诡与庄严，以一色压七彩，纯洁烂漫，又显拈花微笑的神秘。置身其中，先是辽阔敞亮，心神为之一振，继而凝神眺望，浮想联翩，相看两不厌，坐看云起时，而后似有所悟，回归宁静淡泊。云与我，我与云何？

云的归宿在群山。清晨，云儿缓缓地、袅袅地从山脚起身，西域的太阳也懒些，云也依偎着青山，略显慵倦。大大小小镜鉴般的湖泊是她们盥洗的盆盂，衣带松松地挂在山腰，湖面映印出容颜。云想衣裳花想容，在然乌湖，在巴松措，在姐妹湖，众多如诗如画的镜泊，何尝不是如此呢？但我知道，按造物主最初的想法，这些天池仙人不是让我们这些俗人看的。太阳升起，云儿也轻舒广袖飘向雪峰，去接替值更守夜的姐妹，或许是她们有意无意的疏忽，让我们有幸一睹神女诸峰大姐大的倾城倾国。

巨大的云团在公路两侧和前方展开，一侧的团云竖立，似白色狮子，它鬃毛竖立，大口箕张，还扑出两只锋利的爪子。另一侧则如奇峰异石，雄壮伟岸，中间逸出一抹枝丫，如苍松翠柏。峰回路转，云彩变幻，不一会儿两侧的云朵渐渐接近融合，向四周蔓延，正前方的云幻化成不规则的图案，似立体的河岳山川。“快看！”车里的同伴惊呼，“白鲸！”天空一如湛蓝的大海，鲸鲵一样的云在海中畅游，鼓鼓的嘴，翘起的尾鳍拍出淡淡的浪花，更为奇妙的是鲸首上部还喷出一股雪白的水柱。在内陆高原，看到此情此景，不在现场又怎能说清楚呢。

车过巴塘，多是在山脊上行走，海拔的缘故，林木稀少，而云已触手可及。迎面一朵，不，是数朵巨大的莲花。经典中记载：人间的莲花最大不过一尺，而天上的莲花则大如车盖，天宫所长的莲花又比它大，可在上面结跏趺坐。佛菩萨的台座中，最常见的是莲花台座。眼前的云是圣莲，是神莲，我不想也无法论述莲花与宗教神佛极深的渊源，只知道六字真言中“叭咪”是莲花的意思。面对如此写意传神的画作，我似乎找到了传世经典的编纂依据，民间神话传说的生活源泉。白象是表法的，白色表示清净，象表示大力，白象表清净一切善业力。缘于此，白羊、白鹿、白狮，包括法螺、法号、哈达，它们的寓意和法力各有不同，但纯洁清净的象征是一样的，只要稍微留下神，这动物器物的天工神绘，几乎时时展现在眼前。迎面又是一尊白云神像，同样结跏趺坐在莲云座上，没有佛陀的大雄庄严，却多了些端庄秀丽，额头透出几点椭圆的碧蓝。哦，这应是白度母，观世音菩萨的化身。没有能瞒得过她的秘密，所以人们总爱求助于她，故又称为救度母。她身如雪山洁白，面目端庄祥和，双手和双足各生一眼，脸上有三眼，因而又称为七眼佛母。相传额上一目观十方无量佛土，其余六目观六道众生。佛眼，藏语叫弥里，想到这里，我沉浸在一片宁静祥和之中。“心凝形释，与万化冥合”（柳宗元《始得西山宴游记》），高原的云，是最好的诠释。

行走就是抵达，或者彼岸。天上是圣洁的，天堂在天上，西方极乐世界也在天上，而我们凡夫俗子看到的只有蓝天白云，这应该是天堂世界的幻影。人们的修行，在人间大地上的所作所为，抗争邪恶强暴，笃行真理信念，即要达到纯洁高尚的天堂境界，所以佛家说，色不异空，空不异色。脚踏大地，是为了更好地生活，面对云天，要有不懈的精神追求。六世达赖喇嘛仓央嘉措的精神是饱满的，热爱生活的他却不得不调侃自己：白云上失足，我跌入了世俗之缘。世上没有生于云端之人，被捧上天的，也要补上大地的课。

像蔚蓝大海中巨大的水母，飘着无数根触须，这是在下雨啊！一眼望去，一个区域的烟雨尽收眼底，周边依然是朗朗乾坤朵朵莲云。此时，眼界还算开阔的自己都不自信，在广阔与深邃、自然与坦诚、宁静与灵动的震撼下，心胸被荡涤、被抚慰，充满祥和与慈悲。“高斋非一处，秀气豁烦襟。”诗圣此诗很是贴切。积雨云是深色的，但只限于底部，周边和上部仍是洁白。走近雨幕，它像一座绣楼，平顶的，起檐的，窗棂和门宇悬挂着亮晶晶的珠帘，让人联想到懒起画蛾眉的佳人。换个角度，它又像一顶帝王的皇冠，晃动着一排威严的冕旒，试图遮掩阴晴不定的脸庞。通俗点说，它们更像辽阔高原上一个硕大的花洒，上边蒸腾出乳白温暖的气雾，下边挥洒出无数根透明的垂直的丝线，雨幕后远方的白云依然若隐若现，婀娜多姿，一派神秘安详。我们一头扎进这天地间的浴室，享受高原花洒的沐浴，高原圣水的洗礼。忘情于高原，出世于云天，我是谁，我从何处来？

那年从成都飞拉萨，舷窗外的景色确如李娜的歌词：我看见一座座山一座座山川，一座座山川相连。但感觉要加一句——我看见一朵朵云一朵朵白云，一朵朵白云满天。高处看云更亲近，没有需要仰视的威严，就像慈祥的长者、顽皮的精灵和水面的睡莲。云彩投射到地面的云影让我产生幻觉，高原上什么时候复制了五大连池？阴晴交错的视觉效果，为大地披上造化的迷彩盛装。到过西藏的人都知道，当大家在高原遭受紫外线的灼烧，一片云儿飘来，就是一把神伞，给我们一处清凉世界。大地与云天是一个整体，不可分割，但我们往往过多关注山峦湖泊，关注羌塘牛羊，如果没有云天做伴，高原美景必少些颜色。云天是从物质世界升华出的精神世界，是大千世界的另一半，而我们对实物景色的依恋，或许是功利意识的折射。飞回内地的时候，灰乎乎棉絮状的云霾，扎进眼里，蒙在心上。

“飘零尽日不归去，点破清光万里天。”按古人对天上云彩的描绘，阳光从云层透出，如同晴朗的太阳近在眼前，而自由自在的云彩，洁白多姿的云彩，永远遨游在天上。点破，也是破题，高原的云，距我们最近，亲和力和震撼力并不局限于高原，而那种觉悟和反思，让我借用曹植《洛神赋》中的一句来描述：怅盘桓而不能去。

2017年8月

摆渡

一条河呈S形穿绕镇远古镇，它叫舞阳河。《镇远府志》记载，镇远县“县曰且兰，水曰无水。山水互回，地形高下”，是自汉以来的边陲重镇。站在黔东南苗族侗族自治州高高的山路上远眺，果然层峦叠嶂，草木葱茏，漫江碧透，舟楫点点。夹河两岸飞檐木楼鳞次栉比，赭红、明黄、炭黑、牙白，浓浓的古意，淳朴、恬静和繁盛，在这色彩斑驳中盎然。

和许多已开发的古镇一样，镇远沿街也是无尽的店铺。小吃、酒楼、旅馆、土特产、手工艺品和节日里摩肩接踵的人流，构成一静一动的步行街。也难怪，旅游景点要招揽游人，每家店铺都是个小小的经济增长点，开饭馆的不怕大肚汉。千里奔波不是为了重复王府井或南京路的繁华，但既然为镇，而且是重镇和交通要道，必然有曾经的霸气和辉煌。古朴的民风，与随着马帮商队、军卒驿旅带来的经济效益荟萃于如此恬美的山水，民族融合、文化重叠，上溯于长安、北京，下达于蒲甘（缅甸）、身毒（印度）。

岁月悠悠，胡服汉服远去了，毂摇马鸣黯淡了，唯角楼翘首，古木苍然，碧水依旧。

仰望千年古树和百年木楼，想当年南来北往的商贾马队跋涉至此，自然渴望休息打尖，抑或以酒肉青楼慰藉旅途寂寞。“列肆侈于姬姜”，“胡姬招素手，醉客延金樽”。“空遗爱，两蜀三川，异日成嘉话”。古镇自然比不上长安、汴京的纸醉金迷，却是商旅卒吏怀思寄情的好去处。今日的文化屋、咖啡馆、歌吧或为当年勾栏瓦肆之遗风，只不过旅人换成游人，素手把盏演绎成古镇艳遇。今日之人不太在意旅和游的区别，长途奔波累，酒肉穿肠腴，琴瑟佳人醉，温柔乡中不是客，直把他乡作故乡。夜宿古镇，听不到夜半钟声，夜幕却常常被重金属乐声和主持人的声嘶力竭撕裂。孕育翠翠水晶般眸子和小兽般性格的边城，远遁于沈从文先生的妙笔之中。当然，这些现象不是在镇远，也不是我寻觅的。

对古镇来讲，游客是过客。对岁月来讲，万物都是过客。

绿色的、天然的、纯手工的及原汁原味的景致和物件儿是当今旅游追求的时尚，为此人们遍访名山古刹和河川村镇，为的是原生态的淳朴味道，而且越前卫的人越恨不得穿越时光，在古代的山水城镇中徜徉，寻觅在物质信息时代踉跄奔跑而遗落的东西。急促的马达推着游船划过河面，便有了泛舟中流的想法。

游船码头招牌很大，游人却不多。游河约三十分钟，船票每人160元。偌大的船上只有六七个人，很清静。我们要求开船，老板说马上马上，半个小时后，船还是不动，无奈弃船退票。看来无论是古镇名山，还是青岚古意之下，时刻游荡着市场经济。“哎，这儿还有个码头！”同伴说。距刚才的码头只有几十米，在两栋古楼中间，一条两三米宽的石径通向河边，看到两只木船。

只有两条船和一个船夫，其中一条船带拱棚，类似周作人描写的乌篷船，大概雨天使用。想到了川湘茶峒镇的渡口和老船夫，有了桥，渡船不用再搭载车马货物，却可以一叶扁舟漂碧水，三五朋客渡有缘……

“现在开船吗？”“对。”船夫四十多岁年纪，布裤马褂，平头紫面，标准的业内人士。“每人多少钱？”“一块。”“多少？”“嗨，伙计，我到那边去。”说话的也是一个当地的中年男人，塞给艄公一块钱。哦，是摆渡。镇远老城区有两座桥，西边是座飞檐朱衣风情万种的廊桥，东边是座规矩经典的石桥，两桥之间相隔约一公里，摆渡正好拾遗补阙，飘忽于两岸之间，如时间的钟摆。我们三个，加上船夫，五人离岸。

清风徐来，柔浪拍舷。北岸的角楼车马渐远，南岸的古木藤花愈近，船儿随着吱呀的橹声拨开水面，轻起轻伏，荡起两束浪花，成为灵魂小憩的摇篮。“每人给你160元，带我们游一圈？”我说。船夫微笑摇头。“政府不让的，他包的这条线只能摆渡。”同船的中年男人说。“承包费多少？”“一年两千块。”“不多嘛。”“这船多是我们当地人坐，你们游客都坐大船。”“每天摆渡多少人？”“也就一百来人。”算二百人，一年七万多，挣的是本分力气钱。“您到这边做生意？”我问。“回家。就在对面后街，方便。”这就是当地人日常的生活，由古至今多少人往返于这“无水”之上、“丝绸之路”上的商旅士卒，担挑背篓的生意人，耕田砍柴的农人，去私塾读书的孩童，去相亲的小伙子，背娃娃回娘家的小媳妇，一如今天我们的上班下班，晨起晚归。

此岸彼岸都是开始，也都是结束。

渡船如梭，岁月如梭，织就平淡淳朴而多彩的生活，这生活是一匹素绢，更是一幅云锦。想到了柳宗元的诗，“欸乃一声山水绿”。

拿手机照了几张相，没了螺旋桨的嘈杂、玻璃窗的间隔和高速带来的颠簸，感觉是如此亲切，沐浴天籁，细浪似乎要从图片中涌溅出来。舞阳河青碧婉转，依恋古镇大山，想到了青蛇，当然还有白蛇，“百年修得同船渡”因此唱响。“同船渡”，同船五人，同一个方向，同一个目的地，击水行舟，晴好迎风言欢，雨雪乌篷促膝，缘分可遇难求。我比较喜欢“百年”这个词，百年大计、百年好合、百年树人等，契合和谐中庸的理念。人生如梦，不过百年，相处更多的是同船渡的有缘人。朋友、同事、知己，能有百年之缘便是前生积德行善，理应感恩珍惜。舒婷的诗，

“与其在悬崖上展览千年，不如在爱人肩头痛哭一晚”，如当下之木橹扁舟摆渡，时间虽短，却胜过轮机夜航。

马帮商队来了走，客店青楼满了空。浮华让人沉湎，而浮华的另一面是质朴，古镇的质朴无处不在，却往往被人们忽略。凡事不在于形而在于魂，物质的生活随时代而更替变迁，生活的精神却不朽。我感觉找到了开启古镇的钥匙。

渡过一百多米的河面，与当地人挥手告别。大家在古树的荫翳下歇息，没有渡客。“我们坐船返回行吗？”我递给船夫一支烟。“可以。”船夫微笑点头。于是橹动船行，这是我们的专列，“着我扁舟一叶”，独享古镇青山、玉带碧流。我站在船上，“舟遥遥以轻飏，风飘飘而吹衣”，“归去，也无风雨也无晴”，遗世独立，是旅亦是游，充盈而空灵的感觉，无以言表。

“五块钱可以吗？”同行的伙伴说。“没事。”艄公笑纳。“对”“一块”“可以”“没事”，是船夫在此岸彼岸说的四句话，平凡得不能再平凡。可惜他承包线路要上缴费用，不然他一定会像《边城》的老船夫一样，送客官些上好的烟叶。

回望河边静静的渡船，想到了“野渡无人舟自横”。这是城镇，不是荒野。相比于食客满堂的酒店，叫卖和讨价还价的嘈杂及隆隆的马达，这就是野。野，就是自然。

2015年10月

古道白陉

太行山的崇山峻岭之中，有条古道，是晋豫大峡谷的景区之一。

灰砖新砌的窄小山门，与山体颜色区别不大。山门无门，更像一座小牌坊，后面一条弯弯曲曲的石径通向深山。门楣上有繁体“晋门”二字，写着“售票处”的小房子空无一人。一面被凿平的山体上刻着导游图，古道名“白陉”，太行八陉之一。

清明节已过，加之已是下午五点，古道上静悄悄的。古道宽两米许，铺砌片石，色灰白，若白蛇蜿蜒于山腰，以“白陉”命名十分贴切。虽已四月初，山上背阴处尚存旧年冰雪，大片的混交林如椴、栎、槐、楸等树木刚刚长叶，一片黄褐，而明黄的连翘，粉红的山桃花已盛开，点缀于悬崖峭壁，好一幅深山早春图！问起白陉的掌故，来过的哥们儿说，这路已有两千多年的历史，春秋战国时就有，齐师伐晋走的就是这条路，《左传》上有记载。读过张承志的《两度羊肠坂》，勒石铭志的有两处，一是晋城与沁阳交界的碗子城，一是壶关县与林州市交界的白陉。

而我们现在在陵川县与辉县交界。

“北上太行山，艰哉何巍巍！羊肠坂诘屈，车轮为之摧。树木何萧瑟，北风声正悲。熊罴对我蹲，虎豹夹路啼。”曹操发兵讨伐叛将高干，途中感慨赋诗。与曹操描绘的艰苦卓绝相比，眼前蜿蜒平缓的古道的确不是当年景象，尽管是同一条路。

“快来看，这石头上有字。”只见地面一块石上歪歪斜斜凿出“古道”二字。“是古人写的吗？”大家辩论起来，有的说是，有的说不是。我说，古人能说这条道是古道吗？咱会将柏油路说成古道吗？大家说有理。想想自己说的也没理，假如唐宋之人站在这条春秋古路上感慨凿石，唐宋之人不是古人吗？元人就有“古道西风瘦马”的名句。脚下的块石已磨去棱角，鹅卵石般圆润光滑，更有石头中凹如马蹄车辙，似在回忆当年的千军万马和商贾旅人。山腰低凹处，山崖中空，属喀斯特溶洞，猫腰进去，只十几平方米，石灶炊迹仍在。当年古人在这天然驿站埋锅造饭、歇息交流是何种的沧桑意境，“担囊行取薪，斧冰持作糜”即是当年行路难的写照。今天古道仍缓缓地延伸着，白色如故，虽感觉不出示意图上曲曲折折的七十二拐，但岁月如水，逝者如斯，古道如历史深深的划痕，嵌进中华的人文时空。

峰回路转，有亭翼然。在较开阔的地段有一今人修建的凉亭，凸悬于千仞绝壁。长亭外古道边，立意不错，大家围坐小憩，拍照喝水，七嘴八舌。“两千多年前古人连钢钎都没有，怎么修的路啊？”“听说古人修路凿洞用柴草把石头烧热，再浇上凉水，热胀冷缩使石头碎裂。”“‘人间四月芳菲尽，山寺桃花始盛开。’白居易的诗不错。”“古代用阴历，四月就是现在的五月。”“古代比现在冷，现在气候真变暖了。”说至兴奋处，一女士跑上栈桥，“啊——”放声抒情，若古人之山水长啸，又像今人之海豚美声。奇怪的是竟无回声，唯有山风满耳，残阳如血。

好大一面绝壁，高耸若锷刺蓝天，赭黄如古代宣纸。见过不少名山大川的图文石刻，如泰山，如赤壁，如龙门，名家骚客多有题咏，文蕴厚重，游人如织。而这面能装下老子《道德经》的古道绝壁，天然石鉴孑然无字，却见证了无数金戈铁马，黎民苍生，只是行者匆匆，往事千年，不曾留得一字于此，成为空灵的沉默。倚壁临谷，感觉融入山水画中，什么峰石之皴皱，林花之渲染，山川之泼墨，都在触摸视野之内，一派纯美。

终于看到了“七十二拐”。“拐”是山路“之”字形的描述，眼前山路的“之乎者也”特别多，不知有没有七十二个。想照张相，但无论侧面正面都无法取到全景，夹山之间空间逼仄，古人自然无法顾及今人的艺术感受。“这里有块石碑，河南山西的界碑。”来过的哥们儿指着一处破落的“驿站”说。果然有块石碑，不大，文字多已模糊，好像是记载当地人出资修路的情况，某某某出多少银子，落款还清晰，“大清嘉庆十八年”。“拐”路长度只有十来米，且坡度较陡，每一拐处都有门槛似的石块。“这是古人上山下山停车的地方，高出的石槛能阻止车轮下滑，拉车人还能喘口气。”古人辛苦！古人智慧！记得抗战时滇缅公路上有一张著名照片，好像是美国人拍的，巍巍山峰之上公路长龙般蜿蜒，蔚为壮观，也叫“二十四拐”（经考证在贵州省晴隆县）。相比而言，“七十二拐”略显逊色，但它是两千多年前的古道，经过这么多年，人类只不过将山路拓宽了数米。

天色渐暗，模糊的山峰如虎踞熊蹲，面目狰狞，由于距离很近，颇感压抑。又想起曹操，“熊罴对我蹲，虎豹夹路啼。”可能是写真实的狼虫虎豹，也可能是山峰怪石的形象化描述，表现遭遇在艰难险阻时的心情，加之陡峭崎岖的山路，穿旅游鞋走在上面脚还硌得生疼，窄幅木轮的古车负重攀行，可不是“车轮为之摧”嘛。“七十二拐”不就是羊肠山路的另一称谓？可能此段“白陉”闭塞，被那两处的人们抢注了“羊肠坂”的商标，只能叫“七十二拐”。呜呼！左拐右拐，追上那一路少语的哥们儿，问他在想啥，“现在是第五十六拐了。”他说。

出得山门，认认真真看了景区介绍。《左传·襄公二十三年》：“齐侯遂伐晋，取朝歌，为二队，入孟门，登太行，张武军于荧庭……”白陉全长百余里，绵延于巍巍太行，我们走过的四公里多是古道保存最好的一段。“北上太行山……”不对，当年曹操如从河北发兵攻打山西，应是兵锋向西。古文特别是军事上的方向用语习惯是“西出”“东进”“南下”“北上”，而“入孟门，登太行”正是北上。曹操首先是军事家，然后才是文学家，他会犯这样简单的错误吗？可惜我不是学问家。

2013年4月

艳遇的丽江，孤独的城

“住下了吗？”餐厅女服务员问我。“没呢。”我随口应答，因为旅游旺季古城里的客房总是满的。“哦。”女孩儿轻叹，上茶后离去。她身材苗条，皮肤白皙，步伐灵动，像个勤工俭学的学生。

风凉凉的，抚慰着晃悠了一天的身体。餐厅在山顶，能俯瞰丽江古城，我们坐的位置是凉台，视线绝佳，应是当年大户人家的宅院。不夜城。大红灯笼勾画出古城的轮廓，人流暗涌，尤其是一面山坡上，檐灯、射灯把建筑映照得金碧辉煌，像皇宫，酒吧一条街上的重金属乐声隐隐传来。

来的路上，导游介绍了丽江的概况，介绍了哪家店铺的披肩好或者银铺的货色纯，并郑重推荐某种品牌的牦牛肉，说有的经营者把死马肉当正品卖，很恐怖。当然也有意无意地说丽江是艳遇之都，却没给我们介绍一家酒吧。

摩肩接踵，旺季旅游胜地的特色。食品、纺织品、工艺品，各种商铺鳞次栉比，南方人、北方人，中国人、外国人，人和商铺相得益彰。这种景象，过去将之比喻为沙丁鱼罐头，时髦的比喻叫“粥”，较之汹涌的人流，晦暗单薄的木屋土楼如惊涛骇浪中的乌篷画桅。

著名的酒吧一条街，重名的招牌很多。“一米阳光”“千里走单骑”“好梦丽江”等。“一米阳光”是玉龙雪山纳西族儿女对爱情的追求，今人理解为“一辈子无法成就的永恒，或许在某一点便凝成；一辈子无法拥有的灿烂，或许只在那一米之内”，说明爱情的偶然性。“千里走单骑”是关公过五关斩六将送皇嫂回家，类似的有赵匡胤“千里送京娘”，都是忠勇侠义坐怀不乱的主儿，怎么讲都和艳遇、爱情不沾边。

单骑，一个人千里独行，当代人是这样理解的。

下午时分，酒吧内空荡荡的。原木的桌凳，粗犷原始，藏传寺庙风格的装饰，古朴厚重，撩动旅人的孤独思绪，朦胧中感觉是家心灵驿站。一些柱子和挡板上有涂鸦：“醉里不知身是客。”“全世界喜欢泡吧的人联合起来，我们一定要把泡吧进行到底。”乖乖，都是名诗名言的新编。“泡妞和泡菜一样，要掌握火候，时间太短，太生，时间太长，又太酸。”说得倒挺直白。每家店内几乎都有几个孑然一身的女孩儿，坐在不起眼的地方。漫不经心的眼睛并没闲着，比如你看着她，她散漫的眼神并不看你，声色无异，表情略有矜持，嘴角形成些许浅浅的、但足以让你认定是善意接纳的涟漪，等着你绅士般征询：“小姐，我可以坐在这里吗？”或许你没有发现她，但她已在脑海中给你下了定论：是走马观花的过客，或是没有护花任务的“千里走单骑”者。翻了下酒水单，价格把人吓了一跳。

很远就闻到牦牛肉的味道，或者说是动物胴体和植物香料加热中的气味。在西藏真正的藏家吃过牦牛肉，烧牛粪饼清水煮的，色暗红，无任何作料，堆在大大的金属盘子里，占去大半桌面，热气腾腾，最小的肉块也比馒头大，用藏刀切或手抓蘸着盐巴吃，清香，原汁原味，再抿一口浓烈的青稞酒，这才叫源于生活高于生活。导游推荐的那个店，同类商铺中门面不算小，有流水般的游客。麻辣的、孜然的、甜香的、原味的，都是玉米粒大小，色黑灰，用牙签免费品尝。尝了粒原味的，都塞牙缝里了，又不好意思再来一次。还有刚出炉的大块腿肉，鲜红鲜红的，散发着花椒大料的香气。迪庆州、阿坝州和玉树州都是概念上的前藏地区，我吃大块牦牛肉的地方在后藏，可能前后藏的烹调方法不同，丽江毗邻迪庆，以纳西族人较多，其饮食文化受汉族影响应该大些。古城是否千百年来就如此烹制牦牛肉，死马肉被这种浓郁的香料浸泡烹煮再腌制烘干包装，出来的作品也像香气四溢的窈窕淑女。半条街的肉铺，满城的肉味。

一棵树下，黑瘦的银匠反反复复锤打着一只银条，像酒馆在现杀活鱼，活体广告证明着货真价实，身后的门面里满是各色银制品。转了一圈，“银碧辉煌”中最便宜的是九十八元一只的挖耳勺，女服务员也满身银饰。出门看见几个游客在询问银价，黑瘦的师傅回答得很简洁。“卖吗？”“卖。”“做手镯还是酒杯？”“都行。”“这块银有多重？”“百十克。”“多少钱一克？”“二十八。”游客相视摇头。一只挖耳勺有几克？其实我真想买几只送人，后来问导游，答案是那东西太小，不赚钱，假的几块钱就能买到。看来千锤百炼的只能是金子，银子不在炼而在多。迎面一群女生都围着纱巾，背包也鼓鼓的，不知哪个店的老板又赚了一把。这些东西我在乌鲁木齐和苏州买过，哪儿是原产地呢？“咔嗒咔嗒”的声音出自一家布店，经营纳西族的手工织品，正门口也是活广告，木制原始的织机前有一位女孩现场操作，简洁的线条，古朴的质感，艳丽的色彩，加上女孩儿的青春气息，很正宗，有纪念意义。叫服务员拿出几样织品，感觉很精致细密，却少了织机上那块布的古朴厚重。身着民族服装的织女很年轻，却眯眼黑面，问也不答。

出门时听哪个游客没头没脑地损了一句：要是漂亮也不会到这儿当模特儿。

四方街广场。感觉到了太阳的艳丽，夕照的阳光下碧树陆离，“粥”也不那么稠了。听到了溪流声。实际上一进城就迷上了这条清碧的雪山溪流，古人选城址当然依山傍水，只是在狭窄的甬道上几次差点被挤下水，没了欣赏的心情。此时找块石头坐下，梳理纷繁的思绪。水是亘古不变的清澈雪水，石砌的溪岸遍布原生苔藓，水底飘逸的水生植物如女妖长发，几条锦鲤逆流悬停，保持着微妙的平衡。锦鲤是人工选育的物种，原生态的应是鲑鳟之类的细鳞冷水鱼，对水质要求极高，非清泉雪水无法生存。广场四周的木楼是原生态，楼里的内容已像锦鲤一样花了。“居庐骈集，萦坡带谷”，原汁原味的古城，像一大块上好的牦牛肉，蒸煮在现代欲望的调料汤汁中。

听到乐曲。循声过去，门面极小，也就二三平方米，状如裁衣弃掉的碎布。三位装扮不俗的女士随歌敲击着鼓。想不起歌名，吉他伴奏哀婉无奈，像是一位孤独旅者的心灵倾诉，那鼓表现的却是一种直白热烈。“这歌名叫什么？”我问。“二十元一张。”一位女士递过一张光盘，表情优雅富有艺术张力。看了下目录，大都是歌颂地方山水的歌曲，第一首歌叫《滴答》。哦，侃侃的吉他伴唱，极撩旅人情思，立意不错。“是纳西族的鼓吗？”我又问。“非洲手鼓。”噢，怪不得那么激情四射。我伸出手掌，“五元。”女士白了我一眼，又坐回原位，继续着她的倾诉。失落中回望暮霭中的酒吧一条街，乐声已经响起，那么宽大的门面，命名为“一米阳光”，而这个被物质挤压变形的“一米阳光”，空间狭小哀婉无助，却仍在坚持。

高挂的大红灯笼亮了，山坡上层层民居被无数彩灯打扮成王府皇宫，艳遇之梦或已开始。歌厅一条街已光怪陆离，轰鸣的乐声撕裂了耳膜，真的佩服古人，青瓦木檩的古屋能经得住夜夜如此重金属声浪的轰炸。翟永明的《轻伤的人重伤的城市》:“六千颗炸弹砸下来，留下一个燃烧的军械所，六千个弹着点，像六千只重伤之眼，匆忙地映照出那几千个有夫之妇”，叙述他旅欧在柏林的感受，让柏林人很不理解，为什么只有六千颗呢？城市是被盟军炸得一塌糊涂，但德国失去的生命更多，心灵的创伤更重。而现在享受富裕生活的人们，浮华中几人能理解这些？失去的会永远失去。重创城市的不仅仅是战争。丽江，也只有六千颗炸弹砸下来。

点的是丽江的特色菜，要的却是北方烈酒，与同事举杯互敬时，餐厅也响起那首《滴答》，这次记住了歌词：

滴答滴答滴答滴答
时针它不停在转动
滴答滴答滴答滴答
小雨它拍打着水花
滴答滴答滴答滴答
是不是还会牵挂他
滴答滴答滴答滴答
有几滴眼泪已落下
滴答滴答滴答滴答
寂寞的夜和谁说话
滴答滴答滴答滴答
伤心的泪儿谁来擦
滴答滴答滴答滴答

整理好心情再出发
滴答滴答滴答滴答
还会有人把你牵挂

不知道丽江怎么选择了这首歌，大概是这歌很有旅游特色，孤独的美眉撩动了游客的情思，从而造就了艳遇之城。丽江是位美人，时光荏苒，她依然是古朴典雅清纯的仕女，保持了文化的明眸皓齿和妙曼腰肢，邂逅如此美人还是现代意义上的艳遇吗？或许她仍应穿着丝绸裙袄或艳丽的民族服装，举一杯老酒，奉一杯香茗待客，也不妨佩些银饰，唱些民歌酬宾，还可以弹琵琶舞水袖娱人，下厨为客人烹饪传统的美食等。如果说把商周青铜器的绿锈打磨掉，用化学的方式镀上现代的金很荒唐，却为何把古典美人神话般穿越时空嫁给现代浪子？她在寂寞的夜和谁说话，伤心的泪儿谁来擦，真的期待有人把她牵挂。

喝下一大口酒。有日子没喝酒了，心口火辣辣的。“住下了吗？”那个女孩子又来上茶，眼神妩媚，声音如糯米糕。“没呢。”我们漫不经心。“哦，对不起，我问过了。”女孩儿有些失望。

突然顿悟，艳遇已擦肩而过。

2012年1月

拉康，颇章，纳木错

那一天
闭目在经殿的香雾中
蓦然听见你诵经的真言

——仓央嘉措《那一天》

一

或大或小的房舍院落，必有神位，真金白银，珠光宝气，香雾缭绕及长明的酥油灯，着紫红袈裟的僧人在旁。幽静神秘虔诚，显示着强大的感染力。

古老的宗教，庄重的氛围，散漫的游人都一脸严肃，默默地随一字长蛇的队伍蠕动，不知道前面有什么，或者该做什么，感觉告诉你这是神圣的仪式和功课。日日年年，时时刻刻，长明灯亮着，神佛在那里。

显然，这不是神父讲经的教堂，不是道士打坐冥思的观宇。它是藏人灵魂的寄托，此生必到的圣地，是昭示活佛大喇嘛的布道所在，是人文山水原生态的香格里拉，是学者、艺术家、冒险家的理想家园。

我的家乡河南也有几座知名的寺庙。少林寺、白马寺、风穴寺、大相国寺等，规模都不小，其中白马寺建于东汉，是内地佛教之起源，比藏传佛教早了几百年。但寺内的“拉康”（藏语，佛殿）几乎都是“大雄宝殿”“天王殿”“罗汉堂”“观音堂”“藏经楼”等雷同的模式，少见僧人，如果你在“广种福田”的箱子里捐些银子，才有比丘敲木鱼诵经。寺、观、庙更多的是文化符号，休闲的选择，虽越来越多的人去求官、求财、求情、求子、求祛病免灾，但这些世俗的欲望，多了些贪婪，少了份虔诚，与我佛寡欲行善的来世观相悖，也不知在浓重的物质香火面前，神佛菩萨还是否一如既往地淡定。因而这里的拉康和它多彩多姿的神祇们身影更为清晰，弥漫着藏香和酥油芳香的氛围中，朝觐者五体投地，浸润于神圣虚幻的气氛之中。

“活庙”，活生生的庙宇！一个概念在我脑海中生成。这是现实中的穿越，想想南朝四百八十寺，想想唐朝皇帝迎送佛舍利，信徒如云，华盖蔽空，与眼前的众多长跪的藏胞完成了历史与现实的交融。活，在于众多的僧侣、如涌的信众，在于形象迥异的如来、观音和弥勒，在于莲花生大师、宗喀巴大师、八思巴大师，在于松赞干布、文成公主、尺尊公主的传奇，在于六色二十一度母及天龙八部般的灵异，考验着旅游者的记忆力，更在于布达拉宫、罗布林卡的达赖喇嘛，扎什伦布寺的班禅喇嘛及数以千计寺庙里的活佛喇嘛。

他们，是一切拉康中金碧辉煌神佛的代言人。

二

大概藏区儿童到上小学的年龄，就可以出家为僧。

僧人学经的地方叫“扎仓”，寺庙中最宽敞的地方，类似我们的报告厅。哲蚌寺的“扎仓”最大，可容纳的人数以千计。不知道他们的教材如何编排，也是由低到高分为若干个级别，而且大小乘兼学，显（宗）密（宗）双修，见学并重？我估算了一下，勤奋聪慧的僧人要取得最高级别的“格西”（善知识），至少二十年，像我们从小学一气读到博士后，难度可想而知。庙里的僧人，有青春少年，中老年人也不少，看来“白首穷经”很普遍。

我来到这里，感觉似曾相识，不在于神佛宝相的庄严，而在于对曾经牢不可破信仰的重温。

我1966年上小学，1976年高中毕业，贯穿“文革”的全过程。除了“样板戏”“红宝书”，几乎所有的人文科学都是“四旧”，我们满腔怒火地给校长戴高帽挂黑牌，夜里砸老师的窗户玻璃。只有造反派是革命的，周公、孔丘、走资派等都是反革命，非我佛者皆魔道。特殊时期的教育，是为特殊目的，我中小学的十年和大学的四年，环境和寺庙差不多，不过最后四年碰上了改革开放，情形有所变化。

僧人若拿到最高学位，就有出任高级神职或到别的寺庙做主持、活佛转世的资格，那是僧人们日日夜夜青灯古卷、讲经说法、积德行善的结果。让我们展开想象力，常年念佛诵经浸润于祥和佛光中的喇嘛们，弘扬佛法的言行举止怎能不让寺院拉康普度众生的灵光更为圣洁呢?

达赖喇嘛、班禅喇嘛的住所叫“颇章”，布达拉宫是颇章，罗布林卡有好几处达赖喇嘛的颇章，扎什伦布寺附近也有班禅喇嘛的德庆格桑颇章。但达赖喇嘛和班禅喇嘛的位置不是苦修经卷后坐上的，而是坐上去以后才要苦修经卷，转世灵童的坐床典礼是数百万人百年等一回的大典。

我一直在想，为什么雪域高原对人们有如此巨大的吸引力，细细品味着无处不在的神秘气息，感觉在云山雾罩中徘徊。

三

松赞干布的眼光独到。拉萨河谷中的冲积平原，称之为平原似乎有些夸张，但确是高原藏区最适合人类居住的地方。

罗布林卡坐落于此，与布达拉宫形成冬暖夏凉、高低搭配的宫殿格局，特别是罗布林卡，它是一处环境优雅、宽敞华丽的颇章别墅群。颇章里面有拉康，就像寺庙里有拉康一样，大的如布达拉宫里的贡桑吉珠拉康（供奉释迦牟尼）、次巴拉康（供奉无量寿佛）和扎什伦布寺的强巴（弥勒）佛殿。在罗布林卡，格桑德吉颇章、金色颇章、达登明久颇章里的拉康较小，只供拉康的主人达赖喇嘛及少数人参拜。这里是藏传佛教格鲁派活庙的中枢和灵魂。

颇章像北京的故宫、颐和园，布达拉宫是达赖喇嘛的冬宫，罗布林卡是夏宫。这里有巍峨金殿，灵秀山水，参天古木，鸟语花香，规模虽比不上元明清皇帝的宫殿园林恢宏气派，但颇章内的精致豪华丝毫不亚于前者。雕梁画栋，金镶玉砌，貂裘丝绒，甚至有人骨做的法器：头颅的灯盏，少女腿骨的法器。导游指着一尊尊历代达赖喇嘛的金塔说，布达拉宫的金宝可以买下多少个上海市。不知道这账是怎么算的，但可以肯定的是，虔诚的藏胞宁愿家徒四壁，也要把最好的东西包括自己及儿女的身家性命献给寺庙。

西藏历史上，佛教的发展分为“前弘期”和“后弘期”。经过历代藏传佛教大师的辛勤传播，终于成就今天的佛事辉煌，活佛喇嘛在这样全区域全天候的佛天妙景中自然游刃有余，拉康、颇章等也成为藏区社会文化的象征和人们的精神归宿。

一种宗教，一种社会政治制度，一种价值观的形成，自有其道理规律。没有听说过藏民为反抗封建领主揭竿而起，穷也罢苦也罢，只要虔心向佛，来生自会有比圣湖纳木错还美的天堂。现世活佛和与佛有极近渊源的人们，前世修行已得正果，今世富贵荣光，所以要替天行道，代代转世，福泽子孙，榜样的力量无穷，谁还会对这种榜样发起挑战呢。无怪乎马克思说，宗教是被压迫生灵的叹息，是无情世界里的同情心，是没有灵魂的处境里的灵魂。它是人民的鸦片。

四

十多年前的秋冬季节，我曾考察过拉萨郊区蔬菜大棚的发展，原以为藏区肉多菜少，谁知市区农贸市场的反季节蔬菜琳琅满目，我们的拓展计划不得不做出重大调整。

除了知名的宗教景区，主人还带我们参观了太阳岛商业休闲区，服务设施、品牌门类不比其他省会城市少，夜晚看去，宛然河谷明珠。此次进藏，想吃上次来吃过的牦牛肉，清水煮的，蘸着盐巴吃，特有味。晚上和朋友坐出租车满市区跑，也没找到，却领略了满街的霓虹广告，超市会所，川菜火锅，淮扬潮汕和汉堡炸鸡。

网上说拉萨是幸福感最高的城市，居民生活确实从容休闲。过去的影像资料，现在的耳闻目睹，无处不在的经幡、玛尼堆、转经筒、唐卡、寺庙、长跪的信众等标志性景象没有改变。修行，是信仰体现在言行上的约束。佛教是修来生的，一贫如洗的普通藏胞，放弃今生幸福的追求，安贫乐道，礼佛敬神，行戒去妄。那么有组织地改善生存条件也应是另一种意义上的全民修行。

在去林芝、日喀则或山南地区的路上，白色方正的民居宽敞整齐，羌塘草原上，白色的绵羊如满天繁星，见到的藏胞虽非雍容富态，面膛却也黑红精神，纯朴善良。藏民渐渐富了，也未见宗教影响力弱化。勤劳致富也是现世的修行，现世的幸福感和富裕程度越高，修到的来生也会更美好吧，二者并行不悖，这应是幸福感的合理解读。前几年拉萨等地的有些喇嘛们不太安分，却少有民众参与，不知道佛学经义和寺庙教材的“善知识”何时增添了政治学的内容。

明天，我们要去纳木错。

五

一下车就直奔小卖部买了罐氧气。

7月、8月及9月是高原大气含氧量最高的时候，前几天在拉萨看着团友们吸氧吃药，心里颇有些庆幸。这会儿大巴爬着天路的慢坡，我也不由自主地腹式呼吸，喘大气。在海拔5190米的那根拉山口，灌了铅似的腿没挪几步，便赶紧回到车里休息，自己还是个凡夫俗子，地理环境与人的思想境界一样，不同的高度里的感觉是不一样的。

像海岸线的一抹蔚蓝，是白云中的一片蓝天，这是荡漾着碧波的蓝天，浪花是丝绒般的云彩，鸥鸟是天地间的使者，而纳木错，是雪域高原的天眼。

由远及近，圣湖逐渐展现在你眼前。雪山皑皑，极目水天相接，天蔚蓝，白云白雪，造物主信手勾勒铺陈，把天堂复制于人间。青海湖蓝得深邃，九寨沟蓝得烂漫，喀纳斯湖蓝得温柔，江南的春来江水绿如蓝，或许都不能概括纳木错的韵色。哦，令语言苍白，让人目不暇接的纳木错。

游人们一反旅途中的狼狈，或穿藏袍骑牦牛，或咔嚓咔嚓地拍照，或高举双臂用最简单的“啊——”表达邂逅大美的惊诧、久别重逢的喜泣，孩子似的欢笑着呼喊着。笃信我佛的藏胞认为她是最胜佛母释天之女——纳木曲曼，有史诗般的传说，并深信藏历羊年绕湖祈福能去邪恶止痛苦，得到渊博知识和无量功德。湖边，安放着一具硕大的牦牛头骨，确切地说是天灵盖和一双粗壮的犄角，天灵盖上刻着梵文，应是著名的六字真言，犄角上划出两道优美的弧线指向蓝天，守望着神灵的秘密。

苏轼有“若把西湖比西子，淡妆浓抹总相宜”的妙喻。把美女与事物互喻，是古今中外常用的通感。以物喻人，金陵十二钗每人都有相对的鲜花，牡丹华贵端庄，芙蓉清丽多情，芍药烂漫无邪，兰花素雅幽香等，提取美丽的同类项，又从花儿的不同形状、季节隐喻每人的气质性格及身世命运。东坡先生的西湖西施之比，是纯美学意义上的以人喻物，不是具体形象上的对照，而是以美人之温丽婉约、超然妖娆的气质，赞美西湖的胜景，让人浮想联翩。仪态万千的纳木错，一层澄澈，一层银白，一层黛青，一片海蓝，相互交替，变化无穷，一望无际又浑然一体，水天一色。除了像藏胞那样喻之以神，敬之如神，醉之于神，还能想些什么、做些什么呢？

我久久地站在湖边，感觉游人的喧哗渐渐远去，只剩下风的细语，鸥的低吟，浪的轻叹。眼前时而幻化出无数磕着长头、转着转经轮、口中念着“嗡嘛呢叭咪吽”六字真言绕湖祈福的藏胞，时而是德高望重的喇嘛伫立凝视着瑰丽莫测的圣湖，根据湖面波纹色彩的变化领悟神佛的喻示，追寻活佛投胎转世的地方和灵童。更多的时候，她清蓝的眸子满含着日月星辰、风雪雨露，是潋滟的、无邪的，在世界最高的地方，成为文化创造的原动力。

白云径自飘远，无声无息，纳木错如一面宝鉴，映照着你沧桑的容颜。此刻，似乎渐悟，为什么人们魂牵梦绕不远千里来到这里，可能就是为寻觅圣洁的宁静吧。它会与人内心深处最纯洁的情结相对应，物化为眼前的神蓝圣美，仿佛是前世的约定，也是来生的归属，你生命历程中的迷失和污垢在这里无处藏身，这是一种校正，一种荡涤，实现生命的完整和溯源。

千古存在的纳木错概括了自然的真善美，在人们心里，她更是人文的、宗教的、哲学的，她向我们无私地敞开怀抱，给我们美的震撼、善的沐浴、真的思考，但愿我们的到来不会打扰她的宁静与微笑。我要把她带回去，不论是装在相机里还是心里，作为我梦想期待的底色和灵魂生命的一个图腾。

我蹲下身，把准备好的矿泉水瓶灌上圣湖之水，想让晶莹透亮伴随今后的生活，指引生命的方向。谁知由于湖底坡度的关系，瓶口朝下怎么也灌不进去，纳木错以这种方式蔑视我的愚蠢与污浊。只好求助于牵牦牛的藏胞，人家熟练地把瓶子顺坡放进湖里，瓶口朝上，圣湖之水便随着圣湖之波温柔地注入瓶中，仿佛是纳木曲曼送与纯洁虔诚藏胞的秋波，知湖者，藏胞也！我高兴地起身，突然感觉天旋地转，急忙把氧气罩捂向口鼻，总算留下了这飘然欲仙的皮囊。

给了已有市场经济意识的藏胞三元钱。

六

又一次来到布达拉宫。

白的素洁，红的沉郁，这藏区的第一颇章依然雄浑庄严，红白几乎成为整个藏区各类建筑的特色。西藏机场、火车站、西藏大学新校区、政府机关等公共建筑都是上红下白或中红侧白的方正庄重的布达拉风格，且市区所有建筑均不得高于布达拉宫，因而登布达拉宫而小拉萨，更显神佛尊者君临天下的气派。

布达拉宫原是松赞干布为迎娶文成、尺尊二公主而建，千间华舍成就百年好合。千年穿越，布达拉宫摇身一变，从人间的荣华威严之地变为神佛林立的圣美庄严之堂。一个又一个的达赖喇嘛驻锡于此，转世灵童来的时候几岁十几岁不等，他们命中是佛的使者，自然有神的权威，读经，坐床，弘扬佛法，接受万民朝拜，赐万民以福。纵然绝大多数藏胞得不到达赖喇嘛、班禅喇嘛的摸顶赐福，布达拉宫、大昭寺等名刹大寺却像穆斯林的圣地麦加一样，一生要去一次。

因为建立甘丹颇章政权，统一前后藏并重建布达拉宫，五世达赖喇嘛的灵塔最大。三千多公斤的黄金及无数珠宝造就的四层楼高的金塔，塔基方正，塔身浑圆，塔尖剔透，高贵不失秀美，威严不失玲珑，黄金的明黄柔和，珠宝的五彩斑斓汇聚成光幕，如自身发出的祥和佛光，时刻震慑抚慰着信众的灵魂。宫墙四周精美的壁画，恢宏大气，斑斓色彩中再现极乐轮回，也造就了无价的文化瑰宝。

一座座金塔神像拉康看下来，感觉已从美不胜收的震撼不已变得淡定。在举办佛事盛典、决策重大僧俗事宜的东有寂圆满大殿，经幡明黄，佛灯摇曳，廊柱威严。宗教的成长都有着血与火的历史，现在虽有暗波涌动，终究是暗淡了刀光剑影，远去了鼓角争鸣，唯有香火依旧，神佛俨然，诉说着世间沧桑和人们的前世今生。在活佛起居的日光殿，没有想象中的豪华，房间也不大，他们的卧榻很窄，据说有通往罗布林卡的地道。

没有六世达赖喇嘛仓央嘉措的金塔，只有他坐过的宝座。这位在内地以情歌知名的活佛，其实也是大彻大悟法力无边的大师。读过高僧阿旺多吉的《仓央嘉措秘史》，叙述了六世大师被废后在南到尼泊尔北至青海、内蒙古的广大区域游历布道的传奇故事。书中说大师虽然饱经风霜，但每到一处做佛事，开道场，显法力，度众生，让善人善果、恶人恶报、魔鬼避易，还有神女的青睐护佑，若隐若现地印证了传说中化名“宕桑旺波”的浪子“雪地上留下了脚印”的韵事。

较权威的说法是，仓央嘉措在去北京面圣的路上被害，只有二十几岁。但由于他的存在，让以红、白、黄为主色调的布达拉宫，多了一抹生命的绿色。他的传奇经历，或许补充了大师人生的另一面，神圣的拉康颇章的灵性和人性更为完整了。

我冥思于氤氲浓郁的藏香中。

七

或许这样的比喻不合适。

贵州茅台镇，千百年的酿造使茅台镇上空常年积蕴着富含微生物的离子云，又随着风雨撒向茅台大地，渗透于赤水河中，用此水酿酒自然醇厚绵香，良性循环造就了举世无双的佳酿。我想，千百万藏胞千百年的虔诚，孕育了雪域高原的神秘、执着、祥和、宁静，我们看到的仅仅是过程中的一个断面，它就对身处滚滚红尘中的人们产生了不可名状的感召，让人品味和陶醉，追寻并获得心灵的荡涤和安慰。或许我们心里都少了些真诚和坚持，因为信仰的淡远和虚无。

金玉木石堆砌的辉煌经不起岁月风化，纳木错、羊卓雍错、色林错依然原始沧桑，在回家抑或朝圣的路上，我们需要找回赤子一样的灵魂。

在布达拉宫长长的台阶上，我遇到一位白人女性，年纪不小了，一身地道的紫红袈裟，手臂上挂着念珠。她优雅地微笑着，与素不相识的游人相互致意。没有语言的交流，却感到浓浓的亲和力，我试着与她并行，用汉语说，您在布达拉宫修行吗？她微笑点头，团友不失时机抓拍了镜头。我想同样可以这样说，一个外国人，不远万里来到中国……

“那雪山、青草，美丽的喇嘛庙……”熟悉的歌声又在耳边响起。我仰头向天，看到了六字真言汇成的卍字云。

2012年12月

大山小品

险峰奇石，茂林流泉，加上佛寺道观，神仙洞名人书院，这些景物、掌故共同构成名山的要素，如五岳，如四大佛山、四大道山等，都具备这些要素。然而华夏大地山峦万千，真正扬名于世的并不多，不是名山的山野就没有名山的风采吗？

距离河南林州市西南15公里，有个景区叫洪谷山，位于太行山中部南麓，山势雄伟险峻，高耸入云，林泉秀美，塔寺俱全，“此地有崇山峻岭，茂林修竹，又有清流激湍，映带左右”，着实是游目骋怀的好地方。2016年初夏，应朋友之邀驱车前往，途中阵雨哗啦啦地下了十几分钟，到山脚下雨便停了，云雾袅袅，更显山岚妖娆。

车行在浅山区，时见三五农家，田舍俨然，屋边的杏树已果实累累，灿然金黄。还有一种树，枝叶茂盛，连片成林，开出的花密密匝匝呈火炬状，也是金黄色，很是壮观。一问，得知是栗子树，马上联想到糖炒栗子的满口留香。

进入山谷就只能步行了。石径曲折，盘桓而上，茂密的林木遮蔽了阳光，荫翳斑驳，时有突兀的巨石，嶙峋峥嵘。谷底溪流淙淙，游鱼可数，一阵山风送来几声鸟鸣，长吟着山水灵动，这也是南太行诸景区共有的景色。“这是北魏的摩崖石刻。”朋友在一面石壁前停下。这块峭壁三四米高，六七米长，位于山路的拐点，两侧的金刚造像，浮雕技法，服饰如北方少数民族，孔武粗放，手足张扬，明显是云冈石窟技法风格。石壁中间凿了两米多高的佛龛，立着个大佛，莲座法身，一千多年了仍然气度雍容，只可惜佛首与金刚的头部都已不知所终，盗贼的凿痕隐约可见，令人扼腕叹息。

峰回路转，山腰南面出现一块平地。三面环山，林木葱郁，一面临溪，可聆听风吟泉语，风水绝佳，虽然只有一亩多大，在山中也算豁然开朗。选择此地隐居的自然不是凡人，旁边立了石碑，“荆浩隐居处”。空地近山的地方，有几间石屋，青瓦起檐，虽旧未古，应是早些年复建的，房前又摆放一张大石案，自然是彰显曾经的主人“有笔有墨，水晕墨章”的身份。荆浩，号洪谷子，五代后梁画家，常年隐居太行山，为北方山水画派之祖。一群青年学生，散布其间临摹写生，其中一女生，白丝衣红纱裙，于众学子中很是靓丽夺目，她把画板放置在膝上，手中的碳素铅笔轻灵如燕，半幅画已跃然纸上，深山藏古寺的意境。女孩容貌姣好，神情专注，似已穿越时空，与沧桑对话，与宽袍大袖的古人一起指点山水。他们说，是河北美院的。

再往上，山势渐险，石径陡峭，林木也渐渐稀疏。一身大汗攀登至峰顶，却是眼前一亮，裸石青草，萋萋迎风，无遮无拦的，像坝上草原。回头下望，正是山舞龙蛇，莽莽苍苍，荡胸生层云的感受。又走了半小时，到了此行终点。金灯寺，它南临百丈悬崖，下瞰洪谷峡谷，该寺名寺实窟，庙宇多循石崖凿就，规模都不大，但有一庙宇引泉入殿，入庙即莲池，中间设石板桥至佛坛。该窟也叫水陆佛寺，供奉着横三世佛像（指中央释迦牟尼佛，东方药师佛，西方阿弥陀佛）。四壁遍布石刻，菩萨、罗汉、天皇、王母、孔圣、关帝，不一而足，都说宗教排他性强，此时却是齐聚一堂，和谐共处。古籍这样描述："帆不涨于渡口，人尽行乎镜中。"千神环侍，灵泉涌莲，庄严中见灵台澄明。此寺，在山西省平顺县境内。

归来的路上，看到一面裸崖，是人们修路劈山留下的截面，从艺术角度讲，它像一套厚厚的多卷本古籍善本。坐在一座小石桥边休息时，无意中发现几块护坡的石板和其他的不一样。它们约四五厘米厚，大块的也不到一平方米，不规则的多边形状。起身近看，它的表面纹路状如水波，鳞云错致，出人意表，激发无限想象。想是亿万年前海底沉积的造化之功，或是火山熔岩最美的波涌在瞬间凝固而永恒。太行山曾沉寂于海底，诞生于烈焰，天崩地裂的造山运动，让天然的艺术佳作再现人间。它们的上边，可能有岁月风化积累的砾石泥沙，生长过荒草灌木，成为地球历史教科书的一页。这些美不胜收的造化之作应是完整的、大面积的，我面前的几块石板质地和表面纹路基本一样，分明是由一块石板断裂散落，断裂处棱角尖锐，损毁的时间并不长。

“千佛洞平日关闭，今天开了！”朋友接过手机高兴地说。千佛洞山也在路边的崖壁，坐北面南，洞外有高石台阶，洞口为青石砌墙，拱券高门。洞口不大，洞内平面形同马蹄，长、宽、高两三米的样子，形制与敦煌石窟类似。大佛居中，大概三米高，必须诚心仰视，两侧各立一尊菩萨，因佛头损毁，无法判断供奉的是哪位大佛，两尊菩萨门口的石碑解说是阿难、迦叶，如此说来，供奉的大佛应是释迦牟尼佛，这是佛寺的标配惯例。四周及穹顶遍雕大小佛像，可以说是把敦煌的壁画变成了石雕，只可惜它们也没逃过摩崖石刻的命运，石刻损毁甚多，佛首无一幸免。细细观赏，感觉佛体丰腴，衣带飘逸，璎珞明快，古朴庄严中不失华丽，应是大唐的风骨。靠洞口的下面，一尊极小石佛的佛手逃过了破坏者的坚锤利斧，它指节并拢，温润宛然，令人追思全豹。窟中嵌唐碑一通，言明此窟凿于“大齐武平五年八月”（公元574年），与敦煌石窟的开凿时间相近。山中竟有如此古老的文物，不禁后悔没有细看路过的洪谷寺的塔林（因破碎被重新垒砌，以为是赝品），同样的还有金代宝公石塔，元代开山第一代勍公和尚之塔等，真真体会到了失之交臂的感觉。

“你的脚下就是谢公渠。”朋友不提还真忽略了，因为山路边经常有山溪流泉。这是一段保存较好的水渠，青石砌就，泉水叮咚，哗哗有声，欢快地流向山下。第一感觉此渠太小，逼仄如排水沟，自然不能与大名鼎鼎的红旗渠比体量。但细细揣摩，心里装着百姓，利民之举不分大小，况且林州是县治，北方贫困山区，在生产力落后的几百年前修这么一条渠应是大工程。白居易、苏轼知杭州，分别修筑西湖、苏堤，传为佳话。要知道江南富庶，杭州府治所在，用现在的话说财力甩下林县几条街。由此观之，谢知县实在是功德无量，无怪乎眼前的谢公祠依然香火旺盛。清朝的碑文上说“县西谢公渠，其源出于瓮谼，下注城西南之辛安池，为辛安等四十余村炊及所资。乃前明万历丙申谢邑侯创筑，邑人感德不忘，即以谢公命渠”，古人之语足见真诚。

一天下来，感慨良多。原以为只有名山大川风景秀丽、文化深厚，可以颐养性情，来这等普通景区就是休闲，呼吸一下新鲜空气而已。但实际上今天的洪谷之行不是一场钟灵毓秀酣畅淋漓的文化美景大餐吗？那些奇峰华宇固然陶冶人，而已感受到的流泉石屋亦能载道，体现事物的本源，小品不让大山。求道当从细节开始，这才是认识问题的正道。

朋友说还有乌龙潭等景区没来得及去，明天再玩。可惜我单位还有些事情要办，晚上大家土鸡野菜几盘，二锅头两瓶，畅饮后而归。

2016年6月

绝顶幽思

下山时腿有些抖。

北岳恒山的奇石、苍松、流泉、庙宇都在山腰，通往主峰天峰岭顶峰的路在山脊上，坡度不大，感觉很长，实际也很长。时值盛夏，太阳很毒，无遮无拦，针扎芒刺般罩在我一身短衣裤的身上，好在山风是凉的。

“老兄，还……还有多远？”迎面而来的人气喘吁吁，这也是我上来时问的话，现在有资格回答别人了。“不远了。”“真的？”“一鼓作气二十分钟！”对攀登者要鼓励。不知大汗淋漓的这位还能否一鼓作气。我是歇了三次。

下山腿是收劲的，控制方向和身体摆动很重要，一点也不省力。上山拼全力不考虑回程，下山自然不能归心似箭，中途也要休息，并欣赏上山时无暇顾及的景色。白云缠山腰，城镇若井田。人车行如蚁，对望有远山。人很渺小，却像亿万只蚕食自然的蚂蚁。居高临下的感觉真是很奇妙。

“山顶好看吗？”又有来者问。“自己上去看。”我微笑。“欲穷千里目，更上一层楼。”“会当凌绝顶，一览众山小。”“无限风光在险峰。”古人今人登高多有佳句。其实峰顶很小，只有二三百平方米。一通石碑标注此地海拔高度2017米。人们熙熙攘攘地排队留影，以记到此一游。视野极佳，确是小天下、壮怀激烈之处。只是浮云遮望眼，若非底层上来，了解人间情形，由此浮想联翩，壮怀也没有抒发对象。突然想起诗圣，百年多病独登台。

其实，山顶本身没什么可看的，只是给你提供了一个高于其他地方的平台，除去楼宇树木山石的遮挡，极视野而豁胸襟。而在巴掌大的峰顶，只有乱石青草，冷风嗖嗖，让你体会“高天滚滚寒流急”的意境。左思《咏史》，“郁郁涧底松，离离山上苗。”喻世胄权贵尸位素餐，把持权位，青松一样的才俊只能沟底挣扎，而且由来非一朝。科学地讲，海拔 N 米以上是生命禁区。我去过青藏高原，那山峰不是雪山，就是光秃秃的，土石间只有荒草。所以高大乔木只能在一定海拔下生长，高海拔的山顶很难长树，就算鸟儿或风把种子带到峰顶，每日的风刀霜剑，苦旱寒暑，也会把它们变成石头青草，因为它们生存的环境已经不存在了，就是接近顶峰的苍松崖柏，从生物学角度讲，已被风霜雨雪扭曲得不成样子。

天意绝顶不可久居。

再说，现在世界上处女山峰已经很少，绝大多数的绝顶都是前人征服过的，已铺下栈道石径，吾辈再来时最多是带着新时代的梦想，重温登临者的感受。真正的险峰一般人登不得，敢为天下先的勇敢者前赴后继，革命尚未成功。真正的险峰攀登者，无论古今，无论成败，必须向他们致敬！而对于已经被征服过的山峰，踏着台阶路径的再来者，虽然也是十分辛苦艰难，但登顶成功后，确实要把征服者的干云豪情收敛一下，倾情于茫茫九派，专注于芸芸的劳苦众生。

眼前有了岔路，一是来时的，重温林泉飞檐；一是不走回头路，要走没走过的。我选择后者。

2014年8月

坝台访古

坝台，河南新乡市封丘县的一个普通村庄。临黄河，傍大堤，那里有古黄池遗址。

5月初，应朋友之邀去封丘游玩。出县城行驶于乡道，窄处仅容单车，但是人少车稀，行道绿荫浓郁，晴空艳阳，连畴麦禾，鹊雉起伏，正好饱览乡村胜景。时值小麦灌浆期，很多农民在路上横过水带浇地，车需时时绕行，虽费事，心情却很舒畅。

遗址在村东头，高出地面，台阶数步，周边林木已经成围，柴门荆扉。陪游的小伙子说，这地方就是古黄池。入园右行数十步，看到石碑两座。一个较小，横制，上刻“河南省文物保护单位”和隶书“古黄池”，公元1986年12月封丘县政府立。邻近的石碑两米多高，竖立，为保护石碑，外面专门修筑青砖牌坊，坊冠起脊挑檐，古意盎然，也有些年头了。“古黄池”三字，楷书遒劲工稳，落款是清康熙十二年封丘知县岳某立，背面模糊不可考。时近正午，风吹过树，阴晴斑驳，清净凉爽。

“黄池在哪儿？”我问。“我们这一辈人都没有见过。”小伙子说，“听我爷爷说，黄池方圆数里，大着呢，水很清，鱼很多，把几根竹竿绑起来都探不到底。传说封丘有六大胜景，其中之一就是黄池春草。我出生时什么都没有了，所以不知道，反正一九六几年还有呢。黄池，名气不小，实际上就这一块石碑。”小伙子见怪不怪，一口气说这么多。可不是嘛，小长假，风和日丽，院子里就我们几个人。真是古今会盟皆名胜，黄池已成黄沙丘。实在令人叹息。

环坝台园子边缘，弧形构建七八间独立的亭房，雅致的六角竹亭，纱窗竹帘，中间桌椅，可以观景，把酒抒情，真是聚友会饮怀古的好地方，当年经营者还是很动心思的。可惜纱破桌倾，落叶青苔遍地，杂草丛生，一走近，斑鸠扑棱棱惊飞，把我们也吓一跳。园子左侧有瓦房数间，见生人来，散养的鸡在树上咕咕叫，一条黄狗也汪汪不止。主人与小伙子是熟人，寒暄中拉着手邀请：“到饭点了，一起喝两杯。”小伙子介绍说，他原是老板，现在住这儿看园子。我们婉辞，挥手作别。院子正路上有个大葡萄架，藤蔓粗壮虬结满架，却都已经枯萎，小伙子说因某年冬天奇寒，冻死了。现在根部新发藤蔓数枝，攀缘向上。想起封丘县另一历史名胜，陈桥驿宋太祖赵匡胤拴马的老槐树，也是如此状况。

我们就餐的农家院距古黄池不到一里，名为胜利农家院。名字极普通，都是简易房，中间以花木点缀，且在低地，周边都是农田，感觉环境意趣远不如坝台的园子，然而客人多生意好。我问为什么，小伙子解释说，坝台园以前经营也很红火，但诸股东分红不均，饭菜价格高味道差，散伙了，闲置至今。我说，你们为何不收购回来，加强文化包装，重整旗鼓，应该不比这儿差，或许还是商机呢。朋友和小伙子说，有道理，我们试试。

续

古代诸侯会盟，多以地名冠之。但史籍着重记载历史事件，对地点景物往往语焉不详，只有借助后人凭吊诗文推测猜想，大概古代史官除了惜墨如金，也想当然地以为山川湖河不会改变吧。仅在春秋战国时期，有记载的诸侯会盟就达二百多次，那些风云人物，那些合纵连横，那些利益妥协，尔曹身与名俱灭。那些会盟的风水宝地，多数已荡然无存，连一块石碑也没留下。无独有偶，著名的渑池会盟之地也是“池”，古籍记载，渑池县多水池，渑池因水中生“黾”（一种水生昆虫）而得名。当地政府现已重建，称“秦赵会盟台”，高台碑亭，松柏森森，池却无踪。古人的吟咏，如苏轼《和子由渑池怀旧》：“人生到处知何似，应似飞鸿踏雪泥。泥上偶然留指爪，鸿飞那复计东西。老僧已死成新塔，坏壁无由见旧题。往日崎岖还记否，路长人困蹇驴嘶。”只是怀古伤今，并未言池。且古今会盟遗址的修复都是筑台，没有挖池。关于黄池，《封丘县志》记载，周穆王曾游于此。歌曰：“黄之池，其马喷沙，黄之泽，其马喷玉。”故春秋时叫黄池。清顺治九年，黄河在此决口，积水潭汪洋数十顷，深十余丈，微风撼之，则波涛怒，作澎湃之声，闻数里外。此时的黄池，已有两千多年。清代诗人王策的八景诗之《黄池芳草》：“春色满黄池，细草和烟碧，放犊牧儿闻，缓骑王孙惜，一自霸图空，千载成尘迹。”湖池水景两句带过，依然是怀古伤今。看来古人会盟必筑台，有台多临水。如齐桓公的葵丘会盟，周武王的孟津会盟等，皆筑土为台，或因地势造台，以彰显其隆重威武，近天重道。登台临池，确实是指点江山的好场所，只有刺秦的张良，才会找像博浪沙一样荒凉粗犷的地方完成壮举。

坝台村周边的几十个村庄，多以寨、庄、楼、园、店、南等字命名，接地气，很普通。唯独坝台之名特立独行，恰与古迹吻合。土台虽不高，却是经历了悠悠岁月的侵蚀，仍顽强地坚守，证明其遗址不虚。可惜了那池子，已缥缈如云梦，“黄之泽”呢？在神话里。

又续

怀古诗三首录在下面——

之一

碧沙孤碑立圆丘，黄池弱水何处求？
时叹霸图吴伯事，长想喷玉天子游。

之二

枯藤新枝葡萄架，坍亭荒草飞雀鸦。
客来犬吠鸡鸣树，主人道是旧酒家。

之三

英雄都要当老大，多少坝台没有啥。
英雄都要图天下，多少湖池不见了。

2017年5月

潜山

“啊啊——”“嗨嗨——”不远的山林里不时传来同伴们的呼喊。这呼喊活力四射，激起山间回声，满是对山林野趣的陶醉和对城市生活抑郁的喷吐，当然也隐隐激励或嘲弄着我们两个落后者。

这是太行深处未完全开发的景区，不到一小时便走过了溪流飞泉、栈道巉岩以及天然石穴中人工雕刻的天王罗汉，时间才到上午十点。同行的伙计说，再走上面就是野山，有小路可行。爬过三个山头，一路林幽景异，天然迤逦。“风景好得很！”上个月他们用两个多小时走过，不耽误中午饭，而且下山的路已修好，是带扶手的台阶。“不走回头路！”大家欣然前行。

整齐的石阶变成了模糊的土石小路，坡度也渐渐陡峭，有时要拨开灌木野草才露出蜿蜒的小径，有时需手脚并用。我和鲁兄大汗淋漓，落在后面。前面几个年轻人已登顶，刚才那些大呼小叫就是他们的“海豚音”。“等等我们！”我提气大吼。

通往另一座山峰的路是一道山脊，虽坡度不大，看着也不算远，却是茂林荒草乱石嶙峋，基本无路。稍事休息，大家开始了岭上行。初秋的天气晴好，天空湛蓝，时近正午，太阳有些晒，但出的汗很快被清凉山风吹落了。前望群山绵绵，绝壁耸峙，飞鸟回翔，横看成岭侧成峰。回看来路，溪流栈道已融入茫茫苍翠中，不禁生出“我从何处来，往何处去”的感慨。我拍了几张照片，因光线很强，屏幕较暗，无法看拍摄效果，回来发现有一张蓝天奇峰背景上竟有个飞碟样的东西。和许多UFO爱好者拍的照片一样，放大图像也辨不出个子丑寅卯。真是邂逅之旅有邂逅之事，前途莫测，或许只是开始，这是后话。这时，年轻人已在另一座峰顶吊嗓子了。

跌坐在第二座峰顶岩石上喘气，我穿的短袖，抚摸着手臂上的血痕，这便是勇于攀登、披荆斩棘的奖赏，长裤纤薄，双腿又酸又疼，也无法查看。“还有多远？”我问。“翻过那座山应该到下山的台阶了。”来过的伙计指着远处更高的山峰说，“你先歇会儿，我们到前面探探路。”上帝，他指的那山峰林木茂密，比周围的山峰都高。风景如画，人迹罕至，路漫漫其修远兮！看出了我的疑惑，这仁兄也底气不足，没走几步便没了人影，前面林子深着呢。当今旅游者喜欢绿色，真正面临此情此景，但愿不是叶公好龙。

这座峰顶面积较大，山脊也较宽，到处是散落的岩石，像毁弃的长城，昨天来时路边景点指示牌上就有“赵国古长城”的字样，也不知是不是这里。其中，一个圆形建筑颇为奇怪，石墙高一米左右，透着缝隙，没有灰沙垒砌，直径十来米，中间横七竖八地躺着几块大的片石，明显没有完工。“这是不是古长城的烽火台？”鲁兄问。“貌似没见过圆形的烽火台，是古人的祭坛？”我说。此时，我祈祷找到下山的路——那带扶手的台阶。古人为什么信神，这回有了切身的体验。

“你们过来吧。”丛林中传来年轻人的喊声。哈，找到路了！我们精神一振，双腿也有劲了。完全没有路，有的只是刚刚踏倒的野草、折断的树枝和五十度、七十度陡坡上龇牙咧嘴的岩石。这是探险视频的再现。人是猿猴变的，现在感觉是返祖，攀缘跳跃是拿手本领，尽管不再皮糙肉厚，遍体鳞伤也不算什么。一小时后，大家在高山之巅相会。人的潜能是激发而来的，有时连自己也不相信。

两个年轻人眼神怪怪的，一位在给另一位揉头。“不知道让啥东西蜇了一下。”一位说。“还痛吗？”“还好。”“那俩人呢？”我问。“又去探路了，他们大概迷路了——我们来时一条大蛇在这块石头上晒太阳。”年轻人指着我坐的巨石说。“啊！”我跳将起来，后背凉飕飕的。探路的伙计回来了，一位手里还拎了只野兔。“这兔子不怕人，一棍撂翻。”真是深山老林，可怜的兔子不知道人的可怕，而我们这群可怕的动物却被困于山峰密林。“再往前是悬崖峭壁——真的迷路了。”人不到最后拉不下面子，死要面子活受罪，来过的伙计一脸歉意。路是人走出来的，也不是走一次就能记住。可能大家都意识到此路不通，却都没明讲，因不愿走那“回头路”，却宁愿摸着石头爬山，随大流地置自己于尴尬境地。“你们不是说找到路了？”我问。“不这样说你们会上来吗？”这可真是望梅止渴的现代版。“已与农家乐老板通电话，他上来接我们，大概要一个多小时。”“让他带点水。”出发到现在已五个多小时，来时带的一瓶水早喝完了。“老板的电话无应答，可能山里信号不好。”来过的伙计无奈地说。日头渐西，头顶是被树叶剪成碎片的阳光，蓝天如海，波光粼粼。我等如海底潜行，手足并用，而且明显感觉氧气瓶存氧即将告罄。“你们等向导来，我们俩记路，体力好，原路返回。”年轻人说。他们这言下之意是回去搬救兵，以备不测。

大约半个小时后，远方山坡传来喊声。来过的伙计跳上巨石大喊：“我们在这儿，你快来接我们。”又过了十几分钟，喊声传来，这回听清了：“你们朝我这儿来。”接着手机也响了，指点着回去的路。双向对进，真是好主意，这向导真把咱们当登山健将了。空山不见人，但闻人语响。大家探索而行，只是手里多根支撑身体的烧火棍。“看见了！”隔着一座山包，另一个山峰上出现小白点，半个小时后，白点变成引路人。

他没有带水。或许他认为走这点山路完全没有必要喝水。“这山过去我们一天爬两次，砍柴种地。”农家乐老板指着另一座山的梯田说，丝毫不理会我们的狼狈，拉起了家常。“这是放羊人过夜的地方。”那是用片石垒的直径一米多的圆形石屋，半露天，晚上可以数星星。说着进去拿出几块石头，“我上次放在这儿的，你们要吗？”石头有些形状，其中一块颇有层次，像肉石，加工加工可作旅游商品。此时，除了水，金砖也不想拿。“小心，靠里走！”天啊，不到一米宽的石径，旁边是陡坡悬崖，没有护栏。于他们是寻常的路径，于我们则是惊心动魄的苦旅。灵魂可以愉悦地放飞，排解都市人不能承受的生命之重。也可以被迫地放逐，身心俱疲地透支，享受冲动、迷茫、苦累、干渴和无助的刺激，联想曾经的人生。“这可是难得的经历，回去可以和弟兄们吹吹牛。”来过的伙计开始解嘲。“你们爬第一个山头的山腰有条小路，就是你走过的近路，大概你们只顾高兴，错过了。”引路人对来过的伙计说。艰难的经历是荣耀的资本，值得炫耀的成就，事情开始时却往往迫不得已。而事物在轰轰烈烈的时候，往往是由盛到衰的转折点。

终于到了带扶手的台阶。陡峭的、依山而凿砌的石阶，如一条蜿蜒而上的灰色长龙，山风瑟瑟，空无一人。我撇下委顿如泥的鲁兄，让引路人和那来过的弟兄搀扶他，自己独自前行。人生最大的动力就是回家，我如被打通了任督二脉的武士，身轻如燕，不断为不得已的一往无前阐释，一路下来数了一千二百多个台阶。

回到旅馆已是日薄西山。“两个年轻人呢？”我问。老板娘指着二楼：“听说接着了你们，睡觉去了。”

2015年9月

风花

夏天南太行的视界，只一个字，绿。不错，金色的连翘，浪漫的紫荆已随春而远。山桃褪去了霞帔红装，山梨换下了新娘婚纱，都忙着孕育青绒绒的果子，沐浴着漫山遍野的风，汇入这浩瀚之绿。

5月末，我去河南林州市的太行山深处，看望艺术系实地写生的师生。山谷中“哗哗”“沙沙”的天籁最是愉悦心情。蓝天偶然飘过白云，阳光灿烂。溪水抚揉卵石，越过山涧。风儿走过绿叶，舞动群山。这风这水正是为天地洒扫庭除的轻灵天使，也为到此一游的都市人清扫心中的俗欲杂念，郁垒纠结。同行的弟兄褪去鞋袜，赤脚入溪，大呼舒服。

峡谷中景随步异。惬意中无必做之事，吟风弄水，穿林攀岩，偶有山雉雀乌翔跃林间，声越群山，“足以极视听之娱，信可乐也。”蓦地，两峰之间的山坳丛林，绽放出一片明丽的林花，明黄色的，与周边的浓绿相映生辉，让成熟厚重的山林顿时清扬灵动起来。不知何花，谁知此花？大家无言以对。我想到屈子的《山鬼》:“若有人兮山之阿，被薜荔兮带女萝。”山不在高，有仙则灵。风在耳边轻语。

在我的植物学词典里，太行山的林木，除去果树，以栎树、青檀、椿树、槲树、椴树及松树为主，这些树种花朵细小，花期也不在夏季，倒是大叶女贞、珍珠梅、紫薇、夹竹桃正值花期，金黄银白嫣红，很是相似，但这些植物在太行山极少有。花自妖娆人自陶，带着疑惑，且行且思索。我如武陵桃花源的渔人，缘溪行，忘路之远近。

时近正午，在山亭小憩。习习山风中对面山上又出现了那亮丽的林花。这次距离更近，整片花海摇曳明灭，顾盼生辉。哦，是树叶在风中曼舞，反射阳光形成了这花海光波！人们都说大自然的鬼斧神工造就了奇峰灵岩苍松古柏，常常执着于固化的事物环境，而对无时不在的风，那能感觉到却看不见的透明的流动，仅仅当成耳边掠过之物，自然而然不假思索。就算出自我的目击感受，也局限于奇木怪石，且感受越来越麻木。阳光、风，这最基本的自然元素才是自由浪漫的调色板，新鲜的空气不仅仅是供呼吸的，它更有哲学的内核。传播自然中生命的信息，表达人文中东风无力、山雨欲来的情愫和思考，表象是斑斓的万物，效果是灵魂的呐喊。面对和畅惠风冉冉花潮，我更愿意相信这是林中仙子“被石兰兮带杜衡，折芳馨兮遗所思”的化身。

风稍停，山林难得一片宁静的浓绿。心动？幡动？花非花？空即是色？现象？本质？这些哲学命题纷至沓来。或许人们正是被这些感知隽语的相互交织碰撞搞得头昏脑胀，置身横流物欲中无所适从，渴望回到生命的本初，面对原始的林莽，重新瞭望人生境界。荒野山林，正是人们沐浴头脑、洗涤情怀的好去处。

心让山风吹拂，也会开出明亮的花吧。

回来后查了查资料，果然：栓皮栎，落叶乔木，叶椭圆状披针形，边缘有刺芒状细锯齿，背面密生白色星状细绒毛……

2016年5月

上都金莲川

你的脚步追随的不是双眼所见的事物，而是内心的、已被掩埋的、被抹掉了的事物。

——伊塔洛·卡尔维诺《看不见的城市》

天苍苍，野茫茫。

依然广袤葱茏，蓝天白云。滦水蜿蜒回旋，如草原纤细的静脉，随视线偶泛银光。这就是“野草生香乳酪甜”“紫菊金莲漫地生”的金莲川草原。放眼碧翠无垠的草海，些许横平竖直的灰色线条凸起，不用说，这是座古城，一座被毁弃的古城，一座座曾经金碧辉煌又被岁月研磨吞噬的宫阁殿堂，它有个响当当的名字：元上都。其位置在内蒙古锡林盟的正蓝旗，正宗满人的县治称谓，当年蒙八旗之一。

金莲花，别名旱地莲、金梅草，毛茛科金莲花属植物，株高三十至一百厘米，开黄、橙、红色花，是草甸草原典型的植物。每年春夏之交，满川碧翠的草原被此花装点为金莲之川，分外妖娆。八百多年前，忽必烈在此登基，升其做“皇太弟”时的开平府为上都。王城的设计者叫刘秉忠，此公深谙汉家帝宫建筑的三昧，宫殿“非壮丽无以重威”，硬是把元上都建得和汉唐著名宫殿如出一辙，且是“龙岗蟠其阴，滦水经其阳。四山拱卫，佳气葱郁，东北不十里有大松林，异鸟群集”的风水宝地。不过蒙古草原地势平坦，山多是馒头般隆起，少了些雄奇险峻，比不得拱卫燕京的太行和藩屏长安的秦岭，只是蒙古人不耐北京暑热，大草原上起高楼，“六月凉如水”且又是龙兴之地的金莲川便为元朝夏宫。我们来时正是仲夏，日头虽毒，风的确凉爽，金莲花已凋谢稀疏。

马上得天下的蒙古人，建立了横跨欧亚的大帝国，成吉思汗的子孙们切奶酪似的划分版图，忽必烈总领漠南汉地。游牧民族也习惯马上治天下，金戈铁马所过，城平郭焚，金银货物席卷一空。当时的元四都（蒙古哈拉和林、张北中都、北京大都及金莲川上都）堆满了从世界各地掠来的珠宝奇珍。马可·波罗这样描述：“内有大理石宫殿，甚美。其房舍内皆涂金，绘种种鸟兽花木，工巧之极，见之足以娱乐人心目。”在金碧辉煌的宫殿面前，马可·波罗眩晕了，语言单调且有些结巴，倒是萨都剌的《上京杂咏》来得贴切。说宫殿，“水晶行殿玉屏风”“凉殿参差翡翠光”；说生活，“《十六天魔》舞袖长”“诸王舞蹈千官贺，高捧蒲萄寿两宫”，把蒙古王族的骄奢淫逸刻画得十分生动。粗略浏览了《元史·世祖本纪》，“车驾幸上都”，“大驾至自上都”之类文字出现了十几次，且都是候鸟般春四月去，秋九月回。此刻，一路游览，抬头是残破的宫墙，低首是凌乱的砖瓦础石，当年的奢华与恢宏不再，碧草连天的草原依然白云悠悠。

汉唐的宫殿虽被秦川的尘土埋入地下，但它们毕竟象征着华夏盛世，各雄踞长安傲视天下几百年。风蚀中的上都，荒草残垣把阳光肢解为阴晴不定的碎片，静寂的砖石土台背后，贮满了奢华喧嚣，看不见的都城，看得见的荒原，风声掠过耳畔，是需要破译的语言。从1259年开始建造，到1359年被红巾军攻焚，模仿汉唐宫殿的上都仅仅存在了八九十年。当年，胸怀“大有为于天下”的忽必烈，建立了蒙元史上著名的“金莲川幕府”。他心仪汉制，凡战功卓著、满腹经纶、精通治国之术者，纷纷集于帐下，取得了相当成就，蒙古的其他汗国还因他“行汉法”而与其断绝往来。但他毕竟是游牧英雄，把人分四等，变良田为牧场等等做法倒行逆施，注定了元朝的短命。忽必烈晚年愈加保守嗜利，大草原的上都豪宫便天天灯红酒绿，“一派箫韶起半空”“朱衣华帽宴亲王”，六十多年后，红巾军便破城焚宫。

内城墙里的众多殿阁，大明殿、水晶殿、延春阁、穆清阁，虽变成荒草瓦砾，但单听名字就可想象当年奢华和萨都剌诗的真实。大安阁遗址，宫城中央偏北的一个方形建筑台基，是像故宫太和殿一样的宫城正殿。史籍记载，元世祖“取故宋熙春阁于汴，稍损益之，以此为阁，名曰大安”，即忽必烈基本上把代表当时华夏建筑艺术最高成就的宋朝宫殿搬到了草原，马可·波罗说的满殿涂金、绘花鸟应是这里吧，而景区复原图竟是七层多高的天下第一阁。忽必烈在这拿来的金銮殿上宴宾议事，肯定有投鞭断流的成就感，往事越千年，凉风吹过，似隐隐听到征服者骄狂的笑声。

二百多年前，英国诗人柯勒律治心血来潮，写了首《忽必烈汗》，忽而把上都描写为欢乐的殿堂，肥沃的土壤鲜花盛开，忽而笔锋一转又写凄声号哭，连枷下的舞蹈和猛烈的地泉，接下来的抒情更耐人寻味：

逍遥宫的影子青幽，
在波浪之中漂流，
喷泉与岩洞交响，
构成韵律的重奏。
奇迹在此汇集，
鬼斧神工，
阳光灿烂的宫和冰的岩洞！

上都的宫殿在历史的波浪中漂流，很快沉没。征服者的铁蹄与被征服者的呐喊交响，构成沧桑的重奏。上都宫殿汇集了天下珍奇，华丽的宫殿转眼成了黑暗冰冷的所在。“我们一直看得珍奇无比的帝国，只不过是一个既无止境又无形状的废墟，其腐败的坏疽已经扩散到远非权杖所能救治的程度，而征服敌国的胜利反而使自己承袭了他人的深远祸患，从而陷入绝望。”（卡尔维诺）当然，此诗还有不同解释，不过，拙文暂采此说。

马可·波罗又描写道：“此草原中尚有别一宫殿，纯以竹茎结之，内涂以金，装饰颇为工巧。宫顶之茎，上涂以漆，涂之甚密，雨水不能腐之。茎粗三掌，长十或十五掌，逐节断之。此宫盖用此种竹茎结成。竹之为用不仅此也，尚可做屋顶及其他不少功用。此宫建筑之善，结成或拆卸，为时甚短，可以完全拆散成片，运之他所，惟汗所命。”典型的蒙古族习俗文化，规模更加宏大，在这里，成吉思汗的金顶大帐不过小菜一碟。“亦有广大寺院，其大如一小城。每寺之中有僧二千余人，衣服较常人为简。须发皆剃。其中有娶妻而有多子者。”今天蒙语称此城“兆奈曼苏默”，即108座庙的意思，萨都剌的“沙苑棕毛百尺楼”“院院翻经有咒僧”，可为佐证。蒙汉文化有了标志性的凸显，和谐并存，当年宫廷的繁花似锦似乎足以说明王朝的兴旺。乱花渐欲迷人眼，在看得见的城市面前人们往往弱智，只有被历史风云抹平，我们才能在废墟中思考，挖出深层次的精神文物。正如黑格尔所说，历史是一堆灰烬，但灰烬深处有余温。从这一点上讲，上都是活着的。

除了幻想长生不老，帝王更在乎的是开拓疆土，文治武功，拥有更多的子民和财富，捍卫自己的历史地位。卡尔维诺这样叙述，可汗问马可："到我明白了所有象征的那一天，我是否就终于真正拥有了我的帝国呢？""陛下，别这样想。到那时，你自己就将是众多象征中的一个。"马可·波罗如是说。或许蒙古人最显著的"象征"是征服和杀戮，无休止的征服扩张，手段血腥残酷野蛮，这一点帝王们都懂，无法明白的是"野蛮的征服者总是被他们那些所征服的较高文明所征服"（马克思）。幸运的是忽必烈为开国皇帝，没看到王朝"呼啦啦如大厦倾"的终结，他也许意识到统治中国必须用汉文化的思维，有些"尊重知识，尊重人才"想法，建立不世功业，而他的"行汉法"，也应是被汉族同化，被所征服的征服的开始。但这位"天之骄子"之孙，"骄傲"的游牧血液浸润的潜意识基因不会突变，他的继任者还有蒙古和色目贵族、宰相、将军及官僚们，杀戮、兼并、税赋，让忽必烈的治国梦停留在"皇帝诏曰"的嘴上和金宋儒士遗臣的表奏中，这一切在王朝建立之初便已注定。"众多象征中的一个"，前有乱华的五胡，后有留辫子的满清。即是"野蛮民族所进行的征服，不言而喻地都阻碍了经济的发展，摧毁了大批的生产力"（恩格斯）。马可·波罗的回答恭敬委婉而意味深远，看来这个威尼斯商人更像一位智者。

当年蒙古大军南下灭金宋大理，尸横遍野，却留下工匠性命，让铁匠打制刀剑马镫，让厨子烧羊肉煮奶羹，让裁缝做绸袍缝皮裘，更多的工匠被送来修城筑殿。那年我在云南大理，导游小姐推荐购买木雕银器，说当年忽必烈攻占大理古城（古羊苴咩城），破国屠城，只留下木匠银匠，传统工艺得以存留，因而这些器物工艺精湛，文化绵长。仰首这座明朝以后重建的古城，血腥恐怖的文化留存让我疾首战栗。我的需要，才是你存在的理由——他们想当然地这样认为。中原民众如草原之草，可以任蒙古牛羊啃食，农耕文明之树的物质之果，可以任其采摘。蒙俗为体，汉学为用，已经给了汉文化天大的面子，他们不知道也不会知道文明前进的动力，是拥有这种素质的人和相应的经济社会制度。沙滩上的高楼是空中楼阁，草原上的宫殿亦经不住游牧民族的折腾。明人一炬，可怜焦土！

与上都几乎在同一经线或中轴线上的另一端，是北京，元的大都。“大抵两都相望，不满千里”，站在与城墙等高的穆清阁台基上南望，草原尽处，是我们来时路过的有着金辽蒙元史诗般传说的燕山野狐岭，再南过居庸关就是北京。大都宫殿虽残破，拜燕王明成祖朱棣所赐，成为燕王府和后来的紫禁城，融汇堙没于明清众帝王修葺扩建的故宫之中，没有留下遗址。有意思的是大都宫城正殿曰大明殿，与朱元璋国号相同，应是元没明兴之谶，而上都的颓墙土台却在正蓝旗，是满清命名沿用至今的异族域名，历史很会开玩笑，不是吗？不过北京也有遗址——大名鼎鼎的圆明园，其标志性的欧式大理石拱门廊柱雕刻，还有当今华人满世界寻觅的大水法十二兽首，是中国人心中永远的痛。认为“天朝物产丰盈，无所不有，原不籍外夷货物以通有无”的乾隆，也要把欧洲宫廷园林拿来享受一番。大概公元1796年乾隆对英使马嘎尔尼说的这番话，六十多年后的1860年，圆明园在英法联军的大火中灰飞烟灭。骄横的蒙古贵族一边享受着汉族文化的成果，一边把汉人定为奴隶般的三、四等人。同样，颟顸自负的满族皇室不仅信奉“满汉之别”“祖宗规矩”，更把工业文明斥为“奇技淫巧”，至死也没弄明白天朝是怎么不堪一击的。无须多言，对遗址的解读也不应满足于已有的说教。历史相同又不相同，历史的化妆师只在当代。日月沉浮，铅华褪尽，当历史回归本相，不知将有多少遗址重现。

大草原上一场夏雨过后，便是采蘑菇的好时候，那是学名叫双孢菇的、圆圆白白的口蘑，对以肉奶为食的蒙古人来说是极好的蔬菜，这次我们没机会深入草原采摘，留下了期待和向往。蘑菇每年可采，金莲花年年盛开，而历史上英雄们创造的宫殿却被历史一次次抹去，满目荒凉。俱往矣，前有古人，后待来者。

遗址没有门槛，想象可以飞翔。在景区租了自行车，一个多小时，大家完成了一次历史的穿越。

2015年5月

访李斯墓

上蔡城西南十里，有个村子叫李斯楼，那里有秦朝丞相李斯的墓，传为李斯故里。麦收过后，和单位两个同事公差到上蔡，这二人祖籍正好一个上蔡一个新蔡，都属于春秋蔡地。路上远远看见一片建筑，汉白玉牌坊上的金字闪闪发光，楼宇轩昂。问了当地人，回答说是新修的蔡氏宗祠。

不一会儿，阡陌农田中出现一个黄褐色大土墩，麦收后更显得突兀，墓旁松柏参差不齐，墓顶有槐树杨树，在暑热中绿意盎然。拾级而上，迎面的大石碑两米多高，螭龙盘顶，隶书“秦丞相李斯之墓”。墓两侧也立了几座石碑，有的已被毁断，仆倒于地。有的碑上刻着秦小篆，可能是纪念李斯精通篆体书法。可惜大家都不识篆书。左首的碑上是楷书——《谏逐客书》。大家高兴地读着“所重者在乎色乐珠玉，所轻者在乎人民”，“泰山不让土壤，故能成其大”这些警句。同事感叹道，千古名相，最后落得腰斩弃市，像这断碑一样，太可惜了。我说，要是当年李斯不把同学韩非冤枉下狱，并用毒酒害死他，说不定韩非还能救他呢。古代人做官，远交近攻，互不相容的事很多啊。可惜历史没有如果，大家都沉思无语。

墓的四周青石围砌，已有数处坍塌。当地村民不浪费资源，环墓而耕，麦茬历历，走在上面“嚓嚓”作响，让人徒增“旧时王谢堂前燕，飞入寻常百姓家”之感。墓高三米多，平顶。当地人介绍，相传李斯斩而无首，所以上蔡的墓冢封土不起尖儿。想想也是，某个地方出了名人，纯朴的乡民引以为豪，感念敬重，渐渐约定俗成，以为纪念。当年项羽在垓下被围，仰天长叹，说纵然江东父老可怜我仍拥戴我为王，我还有什么面目见他们呢，遂拔剑自刎，尸体也被汉兵瓜分向刘邦请功了。今天苏北一带有多处项王虞姬遗迹，大概也是家乡人的情结，包括某某地被认为是潘金莲的故里。

登顶观望，平原沃野视线开阔，确实是骑马引弓、牵犬打猎的好去处。李斯临刑前对他儿子说，我好想再和你牵黄犬出上蔡东门逐狡兔打猎啊。真是人之将死其言也善，但既知今日何必当初呢。又想到杜牧的《阿房宫赋》：“族秦者秦也。”“秦人不暇自哀，而后人哀之，后人哀之而不鉴之，亦使后人而复哀后人也。”秦始皇以其所作所为终结了延续万世的美梦。而李斯在规划营造自己的事业大厦时，似已注定大厦倾覆的悲剧。古往今来，这墓不知有多少人登临过，感慨过，或许也思考过，行动过，历史长河蜿蜒曲折。

墓北边的田野上有很多小的墓冢，数了数有二三十个，很像帝王陵墓的陪葬墓群，只是看起来较为杂乱。东南方向更有一个大冢，和李斯墓规格差不多，也有些绿色植物罩着，不知是哪个王侯将相的陵墓。上蔡古国乃楚地，古墓很多，但都已湮没无名，不发掘无法考证。前几年上蔡发掘了个大墓，积石流沙，诡秘莫测，只说是楚墓，墓主人是谁还在研究中。古人在这片古老的土地上隆起一个个的包，画了一个个的圆，留下一个个的谜，让后人猜想。其实谜都有谜底，钻进去繁复无穷，跳出来却很简单，古人虽然有“不识庐山真面目，只缘身在此山中”的哲学理念，但在“茫茫九派流中国”的时代，这种超凡脱俗的想法只能是一朵亮丽的浪花。此时临风伫立，心中弥漫着浓浓的历史宿命感。

司马迁在《史记》中说，秦始皇驾崩于东巡途中，李斯与赵高秘不发丧，矫诏杀太子扶苏、大将蒙恬。时值盛夏，秦始皇的尸体发臭，他们就在车上放了一堆鲍鱼，“以乱其臭”。最后自以为是的粮仓肥鼠李斯还是被赵高陷害，罪以五刑而夷三族。我想，咸阳距离蔡地千里之遥，就算李斯规划的“书同文，车同轨”已经实现，有平坦宽阔的驰道，但每个州郡都有关隘，在秦朝的严刑酷法面前，地方官会不会放罪人李斯归葬故土？基础设施好，也要有人管理。唐朝胡曾诗云 :“李斯何事忘南归。”读之别有一番滋味在心头。是啊，权势富贵古往今来几人能看透，必也身死族灭后悔迟。一个人如此，一种文化意识架构下的机制和族群呢？从墓顶下来再读墓碑，上面赫然刻着“立于公元一九九四年”的字样。

回县城的路上，又看见气派的蔡氏宗祠，和同事开玩笑：“你也姓李，蔡地李氏可没有蔡氏有钱啊。”大家都笑了。

意犹未尽，拟诗一首：

从经蔡门外，阡陌现古冢。
碑篆铭逐客，墓墩若五刑。
槐杨忆狡兔，庑鼠病官名。
故国去千里，魂归一梦轻。

2012年7月

小店河

小店河，是河南卫辉市的一个村子，位于太行山的浅山区。因村子里古民居保存较好，当地文化部门正在保护研究。2013年5月中旬，便和几个朋友相约，慕名一探究竟。

在省道上就隐隐看到河沟那边的山坡上，错落散布着青褐色的挑檐旧屋，果然是古民居。车过河沟上的石桥，就到了村前。我揣摩，小店河，是一条河的名字呀，为什么不叫小河店呢？店，才是本地地道的村名。

一条宽阔平整的大街横贯村中，街道左侧的农宅都是新建的平房，外贴白瓷砖，铝合金的窗户，院落也规矩整齐，院门上方粘贴着“紫气东来”“家和万事兴”的彩色瓷砖，与时下千千万万的村庄宅院没什么区别。街的右侧是一面山坡，旧屋民居梯次而上，高低三叠。据介绍这片房子为清朝本地大户闫氏家族所建，总占地面积为五万平方米，但一眼望去似乎没有那么多。临街的房屋新旧混杂，或被改建，我们便拐进巷道拾级而上。巷道逼仄，仅一米多宽，几十米的路径有两个十字口，显得很长很长。两侧的旧屋或坍塌破败，砖墙木梁裸露朝天；或铁将军把门，没有人间烟火的痕迹。从矮墙向内望，有个院子里石板地面荒草丛丛，一棵大杨树上缀着两个鸟巢；有的老式的木铧犁斜靠墙边，铁质犁铧满是锈斑，木质犁身已断裂，一盘石磨上落满了枯叶。倒是另一个院子里的一棵梨树，一棵桃树，虽躯干斑驳虬结，枝丫上雪白嫣红的花儿却开得热烈浪漫，透出墙外，生机勃勃。正是桃李知春意，砖石记旧迹，让人备感沧桑。

路径的尽头左拐，有一处较完整的院落，庆幸的是斑驳的木门虚掩，我们便不客气地敲门推门进门一气呵成。这是个两进院，前院路左是杂物间，门脱落，窗户是个黑窟窿，右边是弃用的牲口棚子，遗留的味道告诉我们，是牛棚。后院坐西朝东，规规矩矩的西屋上房五间，南北两配房，都是砖石结构，硬山瓦顶，院子不大，但在山坡上这么大的平整空地说明其家道殷实。两侧厢房弃用已久，锁锈尘封，木雕的十字海棠透花槛窗已朱颜不再，却挣扎着诉说曾经的精美和辉煌。门楣上各镶石匾，一曰“作善降祥”，一曰“守身为大”，清朝流行的馆阁体正楷，都是世俗劝善词语，并隐约觉得有倡导妇德的意思。果然，落款“大清同治五年岁次丙寅梅月，席珍氏建并题”，可做验证。“大清同治五年，到现在一百多年了。”“你们不要乱动东西！”大家正说笑，堂屋里传来妇人幽幽的声音。我们吓了一跳，怎么把这茬儿忘了？推门进入堂屋，屋内正中摆放着方桌木椅及供案，漆褪尘厚，未能判断款式，也应是清末民初的老物件儿。墙上贴了不少年画及旧年的风景挂历，虽是当代情景，恐怕也是七八年前的装饰。墙角衣物用具零乱堆放，猜想主人并不打算在此久居。堂屋无人，那妇人应该在左边挂门帘的隔间。“对不起，打扰了。我们不会乱动东西的。”我们道歉后，隔间内寂然无声。“您这院子卖不卖，多少钱卖？”朋友突然真真假假地发问。“政府不让卖。”妇人终于回应，在屋里听得真切，妇人的声音不年轻了。“你要买，需先同村委会乡政府商量好才能找人家说。”我对朋友也半开玩笑。“谢谢你，我们走了。”妇人没有回答，更没露面。出了门我又看了看厢房上的石匾，估计这妇人一直坚守着“守身为大”的古训呢。

回去的路边我们又看了一家庭院，山门、配房、过厅、上房，一应俱全。特别是门前的影壁墙，砖雕的花草故事，古意浓郁，可惜在墙体正中用红漆写了大大的“忠”字，真是古怪的搭配，再看院墙屋壁上还遗留着不少“伟大领袖……”“五洲震荡风雷……”之类的红字。这些都是“文革”时的经典语句，这场伟大的革命运动在这小山村也曾如火如荼，我们路过不少的老房子都见到了这种红色标记。我心中忽然灵光一闪，在“扫除一切牛鬼蛇神”的年代，幸亏写上了红色标语，不然这些珍贵的文化遗产可能都要当成“四旧”封建余毒被破除掉，这是偶然还是哪位高人的杰作，现在自然无法考证。手机上查了查，同治五年是公元1866年，“文革”是公元1966年开始，整整一百年，不亦“百年风云”乎？只是这个百年之首和百年之尾都处在当时社会体制和意识形态的极端，这个小山村也凸显了百年的风云际会，那么，它的历史文化意义是不是要再加上一笔呢？

回到村前的大街，临路的旧房墙壁用大青石砌就，墙体一米多高的地方，透凿出一长排约十五厘米长、三厘米宽门把手一样的石栓，村民告诉我这是系车马用的。这些石栓肯定被经常使用，加上现在游人的摩挲，一个个光滑锃亮，我数了数，二三十个。它们默默无语，却记录了当年的商贾往来和闫氏家族的荣耀。

回程时在桥上稍停。这道河沟又宽又深，却是干涸的。但细看沟里乱石，石棱都已磨平，应是常年水流冲击所致，沟底分布着大大小小的鹅卵石。还有河沟的石岸，水渍赫然入目，水位还相当高，想当年这里一定是水丰河阔。河是文化的母亲，有这样沛然流水，村名叫小店河就合情合理了。

2013年5月

山丫懿文

山村南坪，一路走过景色秀丽的丹分沟，来到一座四角亭，亭下置一大石磨。6月的一个周末，陪客人再上太行至此，已是上午十点多，几个人说累，不去下个景点了。大家走后，我们几个便围在树荫下打牌。涧底溪声隐隐，周遭林木葱郁。

这亭子是家小店，卖些饮料、火腿肠、面包什么的，周围摆了些石凳、石几，方便游客休息。临路还支了一柴灶，两口平底小铁锅，制售一种叫“不翻”的食品，用料是面汁、鸡蛋、葱花、山韭菜等，像煎饼，味香诱人。掌勺的农妇年过五旬。“奶奶，我饿了！”从亭子后的房子跑出个小丫头，抱着农妇后腰打秋千。“文文，不要闹，小心烫着。”农妇一脸慈祥。

文文五六岁的样子，鸭蛋脸，粉色套裙，额前刘海覆眉，粉丝巾扎一小马尾。见我注意她，歪头一笑，弯眉凤目，三分羞涩，七分调皮。“几岁了？”我试探着问。女孩儿侧视半天：“不告诉你。”普通话很标准。“上几年级？”我继续。“大班。”小丫头随声而至，像飞落的山雀。“那你几岁了？”“我也不知道我几岁了。”“骗人！”小丫头指我脑门，一笑俩酒窝，双门齿一颗离岗。“你叫文文？”“我叫懿文。”“艺术的艺？好名字。”“不是，是懿文。”“哦，友谊的谊，那更好了。”“哎呀，不是。”说着跑到亭子里拿来纸笔，趴在石几上写起来，脸几乎贴在纸上。应是“仪”或者“怡”，我想。“你看！”小丫头笑靥如花。上帝，工工整整二十几画的“懿”字。说实话此字我在大学才认识，皇后或皇太后的话叫懿旨，未查证过确切含义。“这个字是什么意思啊？”我反问。“嘿嘿，还是不告诉你。”

“文文，来吃饭。”奶奶端来一个盘子。“不翻”金黄金黄的，肯定是山里的土鸡蛋，葱油的香味飘来，让人舌底生津，肠胃蠕动。小懿文咬了一口，对我说："给你吃吧？”我苦笑摇头。“在镇里上学？”“市里。”“这里距城市四十多公里呢。”谁知一句话又让小姑娘来了兴致，偎到我身边："老师教我好多歌你听不听？”“好啊，唱什么歌？”“嗯……先唱首《小鸭子》吧。”说着就摆好了姿势。多少年没听过孩子唱歌了，童声咿呀："小白鸭小灰鸭吵着要洗澡，扑通扑通往下跳，嘎嘎嘎……”她边唱边表演，时而拍手摇头，时而双手上翘，两只小胳膊模仿鸭子的翅膀，尤其是双手提裙的动作，优雅得像小天鹅。“我再唱首《感恩的心》吧。”这首歌儿较长，我对儿歌了解不多，但童心天真，曲调动人，“感恩的心，感谢有你，伴我一生，让我有勇气做我自己。”这歌大人听了也很感动。我用手机录了下来，回放给她看。“好啊，好啊！”小懿文拍手笑。然后啥也没说，一溜烟跑了。

“这丫头调皮，不认生。”文文奶奶歉意笑道。“很好，真可爱。”这不是客气话。“生意不错吧？”“闲着没事，这半天也没卖几个。”是的，想想也就两三个客人。“文文的爸妈是老师？”我还惦记着这个“懿”字。“我认字不多，她爹娘的文化也不高，跑跑运输，顺便送孩子上学。”这时又来了客人，老人转身忙生意。我若有所思，沐浴清凉山风。“给我照张相吧。”我面前突然出现一束花，文文精灵般从我背后冒出来。这是山花，叶深绿形似雀舌，花紫红碎小，白蕊，枝茎坚韧。小丫头还真行，连续摆出几个自然又好看的姿势，手中的鲜花更添韵味。我启动自拍功能，又和文文合了张影。看照片时把自己吓一跳，平时没感觉自己这么老相，和稚嫩的文文一起，显得沧桑极了。突然，文文好像发现了什么，伸手摸向我发福的胸腹：“咦，你有咪咪，我要吃咪咪，我要吃咪咪。”我皱眉大窘：“懿文是个坏懿文！”小丫头一侧头：“妈妈说懿文是又乖又漂亮的文文。”“文文，别胡闹，快把它吃了。”奶奶又热了热那饼子。又乖又漂亮，这大概就是“懿”字的原意。

上去的人陆续回来了。大家对石磨来了兴趣，推转着，说笑着。有几个人要了“不翻”，柴草冒出淡蓝色的烟雾，浓浓的葱油香味弥漫着。跑到路边的文文突然哇哇哭了起来，一位女士过去，文文指着坡下。这位爱心女士走下陡坡，采上一束花，一束明黄明黄的山花。

文文破涕为笑。

2011年7月

余晖次妃墓

去年秋，明藩潞王次妃墓修葺一新，凤泉区朋友邀请，终于成行。

次妃墓在潞王陵西侧，二者同处号称“头枕凤凰山，足蹬老龙潭”的风水宝地。古代帝王的葬地称陵，王侯以下称墓，潞王以陵冠己之墓，大概是因自己当过皇帝的儿子、皇帝的兄弟，最后当了皇帝的叔叔，雕龙画凤地打擦边球。明朝藩王遍布华夏，其陵墓却较少留存，次妃墓更是独此一家。而且此墓除了没有神道和石像生外，墓制规格、占地面积与潞王本陵并无什么差异，当地人叫它娘娘坟。

凭栏遥想，皇太后身边的红人赵氏女赐予潞王，皇封诏令，朝发夕至，冠盖如云，迤逦南下。卫辉府满城披红，笙歌遍地。传说此女貌美如花且聪明伶俐，颇有妇德，极得潞王宠爱。但我印象中潞王是个荒淫无耻的家伙，《卫辉府志》及民间多有其劣迹记述。

建造此墓无疑耗资巨万，想当年潞王举一府之力，穷奢极欲，尽显奢华，却成就了今天的文化遗产。从高大的明楼和石质牌坊，到汉白玉的雕栏和巨大精美的凤凰浮雕，无一不透出中华文明的传统之美。踏整齐的青石台阶拾级而上，是享殿的遗址。高大的台基，矩形的平面，规则排列的梁柱石臼，足以撑起想象的空间：雕梁画栋，飞檐碧瓦，铜炉金鼎，香烟氤氲，子孙匍匐。于今只有高秋斜阳，游人笑语，怎不令人抚今追昔，击节而叹。

可惜，这座梦幻般的人神殿堂还是没有躲过农民起义的战火和满蒙铁骑的践踏，随着朱明大厦的崩塌而凋零。衰败后的娘娘坟变身道观，据传是朱氏后人有意加护，做些请神送子、行医问卜的营生，似有娘娘护佑，此观倒也颇有香火，客观上延续了民俗文化之火种。时至今日，墓园大门下的整条青石已被踩磨得锃亮光滑。

五百多年岁月匆匆，当年的荣华恩怨已成过眼云烟，王谢堂前之燕早已飞入寻常百姓家，修旧如旧，容貌一新的墓园今天任我等游人指点评说。

主墓前两侧，是两座较小的坟茔。小是相对主墓而言，规模却比寻常百姓乃至一般官吏来得高大气派。传说是次妃主子的两个丫鬟，自愿为主而殉，潞王叹其节烈特赐如此哀荣。靓丽的生命之花早早凋谢，是那个时代的悲剧。这两座青冢至今仍高耸圆润，对称工稳，凸显着性感，述说着悲怨，展示着青春永恒。

在墓墙一侧，嵌着一方石碑，讲解员说是原装文物，约五十厘米见方，上面刻着牡丹花纹和缠枝莲纹，确是大拙至巧、美轮美奂的上品，黑白之中想见其瑰丽尔雅。可惜时辰已晚，不及细考，当地主人许我拓片。我十分期待，期待通过这婉约缠绵的心花轨迹，细细研读那端庄贤淑的女人，她那内心世界怎会有如此隐秘细腻，而又如此多彩丰富的情感与祈愿。

阴暗宽绰的墓室与潞王的大小差不多，耳室里花不完的钱已被盗空。只是潞王的墓室内有正妃陪伴，把称为次妃的女人孤零零地撂在这里，长明灯熄，暗无天日。纵然有巨大青石砌成的圆形墓冢高大威严，足以彰显令世人羡慕的尊贵与荣耀，但对于热爱生活却身前哀哀、身后寂寂的女人来讲又算什么?

墓顶草木茂盛，如离离原上之草，在瑟瑟秋风中摇曳。我绕墓一周发沧桑之慨时，发现石墙上竟然拱出一棵小树，像悬崖峭壁上的苍松。厚砖压顶，巨石拦路，却横空出世般挣扎出鲜活的生命，似乎给了历史和时代新的诠释。

落日余晖，残阳如血，把那棵婀娜多姿的生命渲染得像一丛娇艳的海棠，一枝怯怯的红杏，仿佛那青春女性化身仙女，“素手把芙蓉，虚步蹑太清”，踏着余晖款款而来。

无论怎样，我想那棵树的种子千百年以前就埋下了。

2011年3月